共和国故事

# 前无古人

——全国各地先后免除农业税

陈栎宇 编写

吉林出版集团股份有限公司

图书在版编目（CIP）数据

前无古人：全国各地先后免除农业税/陈栎宇编. —

长春：吉林出版集团股份有限公司，2009.12

（共和国故事）

ISBN 978-7-5463-1863-9

Ⅰ．①前… Ⅱ．①陈… Ⅲ．①纪实文学－中国－当代 Ⅳ．①I25

中国版本图书馆 CIP 数据核字（2009）第 233823 号

# 前无古人——全国各地先后免除农业税
QIANWUGUREN　QUANGUO GE DI XIANHOU MIANCHU NONGYESHUI

| | |
|---|---|
| 编写 | 陈栎宇 |
| 责任编辑 | 祖航　李娇　关锡汉 |
| 出版发行 | 吉林出版集团股份有限公司 |
| 印刷 | 三河市嵩川印刷有限公司 |
| 版次 | 2010 年 1 月第 1 版　　2022 年 1 月第 9 次印刷 |
| 开本 | 710mm×1000mm　1/16　　印张 8　字数 69 千 |
| 书号 | ISBN 978-7-5463-1863-9　　定价 29.80 元 |
| 社址 | 吉林省长春市福祉大路 5788 号 |
| 电话 | 0431－81629968 |
| 电子邮箱 | tuzi8818@126.com |

版权所有　翻印必究

如有印装质量问题，请寄本社退换

# 前　言

　　自1949年10月1日中华人民共和国成立至今,新中国已走过了60年的风雨历程。历史是一面镜子,我们可以从多视角、多侧面对其进行解读。然而有一点是可以肯定的,那就是,半个多世纪以来,在中国共产党的领导下,中国的政治、经济、军事、外交、文化、教育、科技、社会、民生等领域,都发生了深刻的变化,中国人民站起来了,中华民族已屹立于世界民族之林。

　　60年是短暂的,但这60年带给中国的却是极不平凡的。60年的神州大地经历了沧桑巨变。从开国大典到60年国庆盛典,从经济战线上的三大战役到经济总量居世界第三位,从对农业、手工业、资本主义工商业的三大改造到社会主义市场经济体制的基本确立,从宜将剩勇追穷寇到建立了强大的国防军,从废除一切不平等条约到独立自主的和平外交政策,从"双百"方针到体制改革后的文化事业欣欣向荣,从扫除文盲到实施科教兴国战略建设新型国家,从翻身解放到实现小康社会,凡此种种,中国人民在每个领域无不留下发展的足迹,写就不朽的诗篇。

　　60年的时间在历史的长河中可谓沧海一粟。其间究竟发生了些什么,怎样发生的,过程怎样,结果如何,却非人人都清楚知道的。对此,亲身经历者或可鲜活如昨,但对后来者来说却可能只是一个概念,对某段历史的记忆影像或不存在,或是模糊的。基于此,为了让年轻人,特别是青少年永远铭记共和国这段不朽的历史,我们推出了这套《共和国故事》。

《共和国故事》虽为故事,但却与戏说无关,我们不过是想借助通俗、富于感染力的文字记录这段历史。在丛书的谋篇布局上,我们尽量选取各个时代具有代表性或深具普遍意义的若干事件加以叙述,使其能反映共和国发展的全景和脉络。为了使题目的设置不至于因大而空,我们着眼于每一重大历史事件的缘起、过程、结局、时间、地点、人物等,抓住点滴和些许小事,力求通透。

历史是复杂的,事态的发展因素也是多方面的。由于叙述者的视角、文化构成不同,对事件的认知或有不足,但这不会影响我们对整个历史事件的判断和思考,至于它能否清晰地表达出我们编辑这套书的本意,那只能交给读者去评判了。

这套丛书可谓是一部书写红色记忆的读物,它对于了解共和国的历史、中国共产党的英明领导和中国人民的伟大实践都是不可或缺的。同时,这套丛书又是一套普及性读物,既针对重点阅读人群,也适宜在全民中推广。相信它必将在我国开展的全民阅读活动中发挥大的作用,成为装备中小学图书馆、农家书屋、社区书屋、机关及企事业单位职工图书室、连队图书室等的重点选择对象。

编　者
2010年1月

# 目录

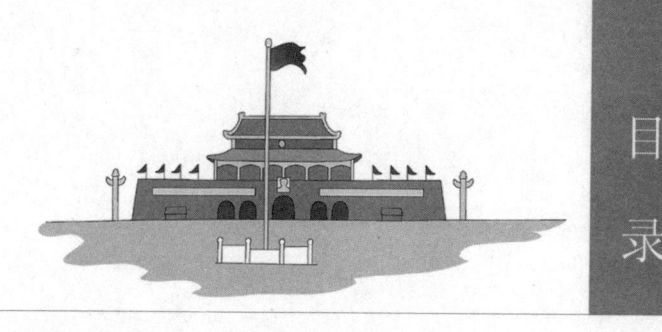

## 一、探索农村税改
新兴镇开始探索税费改革/002
太和县实行税费大包干/009
正定县推行公粮制改革/017
武冈市开始试行费改税/022
召开总结税费改革经验研讨会/026

## 二、中央推动税改
中央把农村税改作为工作重点/030
国务院成立税费改革小组/033
中央进行农村税费改革试点/036
国务院扩大农村税费改革范围/041
江西实行户户税费减负/044

## 三、深化农村税改
中央关注农村税费改革/050
温家宝宣布降低农业税/056
中央发文促进农民增收/061
中央公布农业税优惠政策/067
中央进行免除农业税试点/070

## 目录

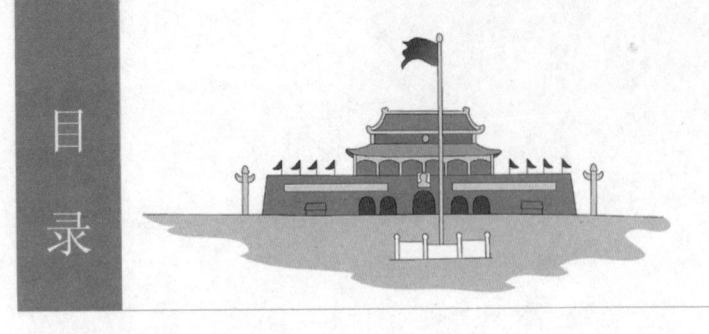

### 四、促进农民增收

国务院部署农民增收措施/074

财政部启动直接补贴政策/078

农业部启动优质粮食工程/082

中央推出加强农业的政策/086

温家宝考察农村税费改革情况/090

### 五、全面取消农业税

人大表决通过废止农业税议案/098

财政部部长答记者问/101

免除农业税后的农村新貌/108

召开纪念废止农业税会议/110

农业税改革亲历记/115

# 一、探索农村税改

● 当李培杰和刘兴杰看到《农民日报》的一篇题为《为农民松绑,把粮食推向市场》的社论时,顿时豁然开朗。

● 在10月的第一个工作日,马明业就让当时担任太和县农村工作委员会副主任的邹新华开始对太和农民负担进行问卷调查。

● 在研讨会上,有关领导和著名专家都对河北省搞的这个公粮制改革试点给予了极高的评价。

## 新兴镇开始探索税费改革

1992年12月20日，天气晴朗。一大早，安徽省涡阳县新兴镇政府就开始忙碌起来，四处张贴镇长李培杰署名的政府公告。公告中说：

1. 实行税费提留全额承包，农民只承担按照政策规定的义务工，不再承担任何费用，不准任何单位和个人向农民摊派或增加提留款；

2. 全镇8.9万亩土地，每亩承包费全年上交30元，夏秋各半，实行税费提留一次到位。农民按照国家规定交售的粮食，谁出售，谁得款；

3. 镇财政所直接与农民签订协议书，在收款期间，自然村、行政村干部负责落实。同时要求全镇干部、国家职工、教师、党团员带头交款。

这是一张绝无仅有的公告，它虽然是以一个基层政府的名义张贴的，却表明了亿万中国农民渴望摆脱历史的重负、勇敢走向市场的决心。

原来，在20世纪90年代，发源于安徽的农村家庭联产承包责任制给农村经济发展带来了辉煌，也伴随中国农村走过了大半个20世纪80年代。

但是，后来不断增加的农民负担，使农村各种矛盾与问题不断加深，让农民焦虑不安。

因为在我国广大地区，农村社会的运转基本上就是通过向农民收费完成的。农民负担重就重在要承受名目繁多的收费、集资和罚款上。

此时，安徽农村处在一个十字路口，整个中国的农村也都处在这样一个十字路口。

"土地承包后向哪里去，如何再进一步发展生产力？"人们期待着中国农村出现第二次飞跃。

当时，上任不久的安徽省涡阳县新兴镇镇长李培杰与镇党委书记刘兴杰，正在为难以完成的收费任务而头痛。

眼看征收的任务年年在加大，这一年，全镇就要完成农业税31万元，农业特产税24万元，耕地占用税2.4万元，烤烟产品税81.5万元，提留统筹款162万元，再加上修路、治水的费用，总计就是320万元，人均负担高出100元，亩均负担也在50元以上。

为完成以上征收任务，镇政府必须组织人员上门催缴，这些人员所需费用一般达到征收总额的10%，有时甚至达到30%，这笔额外的花销又要加到农民头上。农民怨声载道，镇村干部每年都要用10个月时间，在骂声中强迫种植，在骂声中催促收购，弄得镇村干部上下不是人。

刘兴杰刚过而立之年，年轻气盛，眼看这一年又难以完成收费与收购的任务。他感慨地说："如何能设定一个合理的办法，真正减轻农民的负担，收费收得叫农民明明白白，又能让乡村干部从一年忙到头也完不成的征收任务中解放出来？"

刘兴杰自担任新兴镇的党委书记以来，一直都在寻找一个解决的办法。

9月，当李培杰和刘兴杰看到《农民日报》的一篇社论时，顿时豁然开朗。这篇题为《为农民松绑，把粮食推向市场》的文章，使他们产生了"税费一把抓、用钱再分家"的税改念头。

李培杰说："咱不妨试试报上讲的这个办法。"

刘兴杰说："我喊你来也就是合计合计这件事。"

于是，后来被人们称作"新兴二杰"的刘兴杰和李培杰一拍即合，两人坐下来，按照文章提供的办法，进行了一番认真的核算：新兴镇每月工资支出为7万元上下，全年就是85万多元；办公经费精打细算一年得要20万元；农业税一般是定在50万元；加上建设费40万元，农田水利、植树造林所需的20万元，以及"五保四扶"要的20万元，杂七杂八扣除以后，全年全镇所需资金起码在260万元左右。而全镇耕田面积是8.7万亩，细算下来，每亩一年一次性地上交30元便能基本满足全镇的财政需求。

这样，"一亩耕地一次交清30元，任何人不得再收费"的大胆设想就产生了。

这个办法群众能不能接受呢？刘兴杰和李培杰动员乡村干部去走村串户，广泛征求农民的意见。农民一听一次交清税费后，再没有人上门收钱纳粮，全都乐得拍巴掌。

新兴镇土生土长的镇党委书记刘兴杰，听罢分头下去征求农民意见的汇报之后，在镇党委和镇政府召开的联席会上，他同大家推心置腹地说："我就是农民的儿子，农村的许多事都曾亲身经历；我这是在家乡的土地上工作啊，如果干不出一点实事，只知道收钱，父老乡亲是会骂娘的！"

然后，两人迅速拿到镇党政联席会议讨论，并广泛征求农民的意见。进展非常顺利，在调查的事实面前，党政联席会议通过了这个意见。主意已定，接下来，他们就想方设法地寻求上级领导的支持。

在1992年10月初，刘兴杰和李培杰专程前往涡阳县城，向县委和县政府汇报工作。

几乎与此同时，涡阳县委扩大会也对这个想法进行了讨论，可惜夭折而亡。

1992年底，在当时安徽省政府办公厅调研室研究员何开荫的鼓励下，涡阳相关领导也动了税改的念头，并为此召开了一次县委扩大会。

会议开始没多久，便出现了阵线分明难以融合的局面：县委、县政府很想干，政协态度不明朗，人大则坚决反对。支持者、反对者都振振有词，意见难以统一，最终不了了之。

在这种情况下，涡阳县委、县政府对前来汇报的李培杰与刘兴杰却表示了支持。在欣喜之余，李培杰与刘兴杰知道他们必须避免县委扩大会上的分歧。于是，他们干脆把税费改革的方案提交新兴镇人民代表大会审议，这样就可以争取到镇人大的参与和人民代表的支持。

李培杰说："我看这项改革对各部门都有利，唯独没有利的就是乡镇干部、村干部，因为他们再揩不到农民身上的'油'了。既然有利于国家，有利于集体，又可以把农民负担降下来，就是个人受点委屈，甚至'倒霉'，咱也认了！"

1992年11月23日，新兴镇人民代表大会隆重召开。全镇110名人大代表，那天除因事因病有两人请假外，其余的108人均如期到会。

在会上，李培杰代表镇政府做了《切实减轻农民负担建立土地承包税费制度》的工作报告。经过代表们充分而认真的讨论，108位到会代表全都投了赞成票。

新兴镇的人民代表在审议通过大会的提案上，从来还没有如此齐心过。

会后，共和国的历史上，空前绝后的，由乡、镇政府宣布改革的第一张公告产生了。有着镇长李培杰亲自签名的这张公告，一个早上就贴遍了新兴镇所有的村庄和集市。

新兴镇闹起了税费改革，这消息，像一道骤然亮起的闪电，划过淮北平原这片空寂的原野，惊动了整个涡阳县的乡村干部和农民。

干部们都被征收税费弄得焦头烂额，农民更是被"三乱"搞怕了，听说新兴镇试验起"一次清"的"费改税"，干部群众全打心里欢迎。一时间，去新兴镇参观、取经、看热闹、瞧新鲜的人滔滔似水，络绎不绝。

新兴镇带头闯出了一条新路，其他乡、镇自然也都跃跃欲试。

1993年元旦，还是天寒地冻的淮北涡阳县，以及涡阳周边的蒙城、利辛、太和、濉溪和亳县，却都是在热谈新兴镇税费改革的话题中度过的。

1993年，由于新兴镇同农民签订的协议规定，每亩耕地交足30元钱之后，就不再承担除政策规定的义务工以外的其他义务，农民种田的积极性空前高涨，不少农户主动干起了高效农业，仅药材和涡阳的特产苔干，就都一下扩大到7万亩，分别比上年增加了2倍和9倍；池藕也扩大到5000亩，比上年增加了5倍以上。

因为大家舍得投入，用心种地了，老天又帮了忙，夏季出现了少有的大丰收。结果，这一年夏季税费的征收，一没用民兵，二没动民警，更没有乡村干部上门牵猪扒粮，全镇仅用了10天时间，就顺顺当当完成了任务。这是多年来不曾见过的。

同时，因为有着改革《试行细则》的约束，乱伸手的现象在新兴镇得到了遏制，全镇农民人均负担和亩均负担都比改革前的1992年同期分别减少了37%和20.6%，这是过去想都不敢想的。

　　因为不用组织人员上门催款催粮了，许多编制就不需保留了，仅此一项，全镇精简分流的村组干部就有300多人，大大减轻了农民负担。

　　中国税费改革的序幕被新兴镇义无反顾地拉开了。新兴镇也成为"中国税费改革第一镇"。

## 太和县实行税费大包干

1993年初冬，安徽太和县开始农村税费改革。

当时，太和县的农村税费改革起因于两件事。

一件事是，一位因交不起税费的军属老大爷，半夜跑到时任太和县县长的马明业处哭诉，对马明业的刺激非常大。

另一件事是，战争年代曾给安徽省委一位老领导当过警卫员的老同志，夫妻都70多岁了，却每人要交80元的超生保证金。这位老同志给老领导写的一封信也让马明业坐立不安。

1993年夏秋之季，得知新兴镇税改后，马明业就下定决心在太和全县试点税费改革。

在10月的第一个工作日，马明业就让时任太和县农村工作委员会副主任的邹新华开始对太和农民负担进行问卷调查。调查结果出来之后，邹新华连夜打印了8份给马明业。这就是《太和县农村税费改革意见报告》。

1993年11月8日上午，由安徽省农经委副主任吴昭仁主持的《太和县农村税费改革意见报告》论证会，在安徽省委北楼准时召开。

参加会议的不但有省体改委、省财政厅、省减负办、省政府办公厅等单位和部门的有关负责人，省农经委的生产处长、调研处长、办公室主任、经管站党支部书记和站长，都一一到会；太和县县长马明业、县财政局局长龚晓黎、县农委副主任邹新华和县政府调研科长宋维春，也都从太和赶到省城，出席了这次会议。

论证会刚开始不久，会场上就充斥着争论的声音。安徽省财政厅的代表坚持认为把税与费混在一起，会坏了国税的名声。越来越多的人对能否突破中央政策开始表示怀疑，局面开始难以控制了。

这时，农经委副主任吴昭仁停下来，他看了看大家，突然提高了嗓门说："我在这里表一个态，如果太和的税改方案得不到批准，我将以农村改革试验区的名义，要求省委批准方案的实施。"吴昭仁的话一说完，所有的人都让他震住了。

当时，阜阳是国家级农村改革试验区，阜阳地委书记是试验区组长，吴昭仁是副组长。

最终，"报告"在修改之后获得通过。

经过两天热烈讨论，通过了上上下下、方方面面、反反复复的集思广益，一份有着4个部分19条条款的《关于太和县农业税费改革实施方案的报告》便眉目清晰地产生了。

"实施方案"决定：

> 从1994年1月1日开始，太和县在全县范围内取消粮食定购任务，改为向农民开征公粮，

征粮以实物为主，如果交实物有困难，也可以按物价、财政等部门共同核定的当年市场粮价折算交代金。

税费统筹，折实征收，依章纳粮，取消定购；夏六秋四，两次交清，一定三年，不增不减；粮站收粮，财政结算，税入国库，费归乡村；费用包干，村有乡管，严格收支，账目公开。

…………

"实施方案"要尽可能地做到贴近百姓，符合实际，既要有其严肃性，又体现出一种人文关怀。为切实制止"三乱"、减轻农民负担，方案中专门增加了：

凡违反公粮合同，向农民乱摊派、乱集资、乱收费者，农民有权拒绝，有权举报、上诉，政府保护和奖励举报人员。

县人民法院根据最高人民法院《关于及时审理农民负担过重引起的案件的通知》，按照合同，对于不服行政机关、乡村干部非法要求农民承担费用或劳务而提起行政诉讼的案件，人民法院依法审理，及时审判。

对于不合理的决定依法撤销；因乱摊派给农民造成经济损失的，依法判决予以赔偿；对任意加重农民负担而引发的恶性案件,造成重大损失的责任人员,依法追究刑事责任。

"实施方案"送省以后,得到省农经委、粮食厅和财政厅领导的一致认可。他们在充分肯定的同时,也提出了一些十分具体的很好的修改意见,最后,农经委副主任吴昭仁亲自为"实施方案"定稿。

1993年11月16日,安徽省人民政府办公厅正式签发了批复意见,从此以后,一场空前的农村税费改革,就从淮北大平原这个有着139万人口、175万亩耕地的太和县,揭开了序幕!

1994年1月1日,当河北省公粮制的改革仍在正定县3个乡的范围进行试点时,湖南省武冈县的费改税尚处于酝酿的前期阶段时,安徽省太和县却已雷鸣电闪般地将这场改革在全县31个乡、镇全面推开,从而当之无愧地成为中国农村税费改革的第一县!

太和县自从搞了农村税费的改革,只用了半年时间,便一举创下这个县在建国45年以来最大的一个奇迹:全县31个乡镇、9168个村民小组、35万多户农民,夏季农业税的全部征收工作只花了短短5天时间!

望着多年不见的,踊跃交粮的农民在粮站门前排起的长蛇阵,许多乡村干部竟激动得鼻子发酸,眼窝发热。他们说:"过去,向农民要钱的文件多,向农民要钱的部门多,向农民要钱的项目多,向农民要钱的数额多,多得连咱这些当干部的也闹糊涂。现在好了，交多交少，大家都清楚；从前一年忙到头，催钱，催粮，催命，年三十晚上还上门，今天咱是彻底解脱了，又落个清净；从收粮到结账干部两头不沾钱，更落个清白！"

干部清楚了，清静了，清白了；农民也因为一次征，一税清，一定3年不变，放了心，称了心。

这年的秋季庄稼虽然受了旱灾，但农业税的征收工作前后也只用了15天！

这一年全县共征粮6527.7万公斤，比原先国家下达的定购任务还超出了1774.7万公斤！如扣除价格因素，农民的税外负担较过去减轻了一半还多。尤其是，全县大胆地放开了粮食的市场与价格，农民留足口粮和种子之后，单商品粮这部分就让农民增加收入1.5亿元，全县人均增收就达到了120元！

改革前一年，太和县因为反映农民负担闹到各级党委政府去的，还多达93起，500多人，可是改革的1994年，全县2969个自然村，132万农业人口，再无一人因"农民负担过重"去上访的。

太和县出现的喜人的变化，还在农民负担日益加重、干群关系日趋紧张的广大农村引起了巨大反响。太和周边的蒙城、利辛、临泉等县不但效仿起来，还全都看清了税改的好处，同心协力地搞起了"正税除费"的改革试验。

安徽省太和县改革农业税费的消息不胫而走，没过多久，国家财政部农财司就来了人，要去太和实地考察。他们先到省城合肥，也只同系统内的财政厅农税处取得联系；下到太和县后，一不惊动县领导，二不给乡、镇长打招呼，只要求县财政局派人派车，专门跑偏僻的地方、穷地方，直接进村入户，向农民面对面地调查。

不久之后，国务院减轻农民负担办公室主任徐国洪一行也来到阜阳地区检查工作。他们在了解了这个地区对农业税费制度的改革之后，给予了高度的评价，建议地委、行署要很好地总结其中的经验，并表示今后将密切关注这里的改革进展的情况。

曾亲自为太和县的改革实施方案最后定稿的省农经委副主任吴昭仁，这期间不断听到从太和县传来的令人振奋的好消息，心里痒痒的。他高兴地邀上省减负办副主任马启荣，先到阜阳，然后和地区农委主任王春魁一道，也驱车去了太和县。

为了更真实地了解到社情民意，他们也是越过县、乡干部，调查了3个乡的20多位农民。所到之处，接触到的每一个农民，几乎是众口一词地夸赞这种税费改革的办法好。吴昭仁为此大为感动，回去后，他在为《农村改革新探索》一书作序时，竟动情地写道：

这么多年来，在我的工作记忆中，农民对某项政策表示完全拥护的，除了包产到户，大概就要算是这次了。

他为太和县的农村税费改革进行了总结：

粮站满意，定购任务完成顺利，主渠道掌握了充足粮源；财政满意，税收及时足额入库；银行满意，统一结算，减少了货币发行流通，又不打"白条"；基层干部满意，他们节约了大量时间和精力，更免除了干群摩擦的烦恼。

1994年12月18日，中共中央政治局委员、中央书记处书记、国务院副总理姜春云，亲率10个部委的负责同志深入安徽视察，在看了阜阳地区的农村改革带来的大变化后，高兴地评价道：

你们这里抓农村改革有突破性进展，在几个方面都探索了成功的经验。

土地承包制度改革搞得很好，解决了稳定承包制的问题，调动起农民的生产积极性，提高了土地产出率。

特别是税费制度改革，解决了使农民和农村基层干部都很头痛的一个问题，既减轻了农民负担，又改善了干群关系，不仅具有经济意义，而且具有政治意义！

那天，姜春云作为中央农村工作领导小组组长、主管农业工作的副总理，看到安徽农村的改革工作有了突破性的进展，高兴地对回良玉省长说：

农业税费制度的改革，是深化农村改革的重大突破，你们要大胆推广这项改革的试点工作！

在姜春云一行离开后，回良玉就在省长办公会上明确要求：

江淮分水岭以北的沿淮一带，尤其是淮北地区，必须全面推行农村税费制度的改革。

此后，这项改革便势如破竹般地在安徽境内20多个县、市遍地开花。

这时的中国，农村税费改革已经成为全社会关注的热点。它不光在安徽、河北、河南三省势不可当，并且迅速蔓延到了湖南、贵州、陕西、甘肃七省50多个县、市。农业税制改革已呈星火燎原之势。

## 正定县推行公粮制改革

1990年2月23日,《人民日报》副刊发表了高级农艺师何开荫有关农村税费改革设想一文时,引起了河北省省长岳歧锋的注意。

河北省也是农业大省、产粮大省,同样也长期受到农业税费征收工作中诸多问题的困扰,因此,岳歧锋认真读完何开荫的文章,立刻提笔做了批示。他不但自己对何开荫提出的改革设想发生了兴趣,还要把党委和政府两边的政研人员的积极性都调动起来,结合河北省的情况,立即进行探讨与论证。

当天,河北省委办公厅就作出决定,请省委政研室牵头办理。省政研室主任、后调任中央政研室副主任的肖万钧,当即调兵遣将。

于是,河北省委政研室农村处的杨文良,接到这项任务后,他就一头扎进了"公粮制"的研究中,并在3个月之后拿出了研究成果:《对实行公粮制的探讨》。初稿完成之后,他给远在安徽的何开荫写了一封信。

他在信中满含敬慕之情地写道:

我高兴地拜读了您的大作,受益甚大。我认为您提出的这些建议基本上切实可行,如被采纳，必将提高农民保护耕地和种粮的积极性，有利于稳定家庭承包制，有利于农村经济的发展，当然更有利于农村的安定……

何开荫也就杨文良《对实行公粮制的探讨》一文很坦诚地回了一封信。从此，两人互相视为知音，经常交流，被人们称为"南北互动、推进改革"。

当杨文良完成文稿的最后修订，准备报给岳歧峰省长时，情况发生了变化，岳歧峰正在这时调离了河北省，出任了辽宁省省长。由于岳歧峰的调离，杨文良的报告也就搁置了起来。

但是，为此花费了大量心血的杨文良，却从此再也无法从中超脱了。可以说，他在接受这项任务时纯粹是偶然的，是被动的，可当他全身心地投入进去之后，他就清醒地意识到，这是一个非常有意义的、很难遇到的重大课题，而且感到了一种神圣的社会责任。于是，对公粮制的研究，就成了他魂牵梦绕的最重要的一件事情。

那段时间，杨文良在《农民日报》《求是》《决策参考》《县级综合改革通讯》等省内外报刊上，先后发表了《双重负担太重，问题亟待解决》《五千万农民呼唤第三次解放——关于农村税制改革的研究报告》。和何开荫一样，他也是希望这些文章能引起上面的关注。

1992年9月，杨文良和邢台市委研究室的邱世勇在邢台市4个县进行调查后，又合写了一篇《公粮制：减轻农民负担的根本出路》的文章，被刊登在河北省委办公厅主办的《综合调研信息》上。

这篇文章引起省委书记邢崇智的注意。邢崇智立即把文章批给了省委副书记李炳良；希望他出面召集有关方面的负责同志研究提出个改革方案，力求从法规上解决农民负担过重的问题。

终于得到了省委领导的肯定，杨文良十分兴奋，他很快写出《关于实行公粮制的建议》，觉得不大满意，后又草拟了一个《河北省公粮制改革方案》。

为慎重起见，方案一写好后杨文良就跑去征求了省委农工部、省体改办、省财政厅和省农业厅等部门的意见，然后又去了产粮大县正定县，征求下面的意见。

杨文良发现正定县委、县政府对进行这种试点的态度很积极，于是，就又和省委政研室副厅级研究员谢禄生一道，同正定县综改办的徐祥熙、肖玉良、韩根锁、张银苏、叶正国5人，历经4个月，一头扎到正定县5个乡、镇10个村庄的100户农民家里去调查走访。最后，七易其稿，写成了《正定县公粮制改革试点试行草案》。

1993年5月，改革方案已经成稿，就准备向省委正式上报了，杨文良却觉得还有一件重要的事没有做，那就是应该去趟安徽，拜访一下农村税费改革的首创者何开荫，听一下他的意见。

1993年5月24日，杨文良从石家庄踏上南下的列车，来到了安徽省的省会合肥。

何开荫见杨文良不远千里而来，而且还带来了正定县综合改革办公室的肖玉良和韩根锁，以及正定县粮食局的李黑虎，别提有多高兴了。

本来，何开荫准备把这些河北客人在合肥期间的生活安排得轻松愉快一点，至少陪诸位到各处逛逛、看看。但得知河北省委、省政府对农村税费的改革十分重视和支持，要求他们尽快拿出具体的实施方案来，何开荫就决定哪儿也不去了，关起门来，同他们一心一意研究"公事"。

杨文良一行在合肥待了两天，他们也就这样谈了两天。彼此都觉得相见恨晚，有说不完的话题。

当杨文良重新回到河北省，不久，便完成了改革试点实施方案的最后修改工作。而且很快，省委领导拍板同意试点。

同时，为使改革方案更臻完善，杨文良和正定县的同志一起又跑了趟北京。他们分别前往中央政研室、国家计委、国家农业部和内贸部，以及北京农业大学农经管理学院等许多部门，广泛征求了一次意见。

进行改革时，遇到了粮食部门极力反对。一方面，粮食有定购任务；另一方面，粮食部门在定购粮食方面有利可图。

1993年在正定县的3个乡进行试点，这3个乡的粮食定购任务总计是1000万公斤。粮食部门认为，与其他不进行改革的地方相比，自己将会减收多少多少，还得为完不成任务而活动。为此，由财政同意拨给正定县粮食部门50万元以获取该县粮食部门的支持。

1993年正定县实行公粮制，那年，是正定县农民上缴的农业税和"三提五统"最快的一年，交公粮时，队伍在粮站外排出了一公里长。

1993年12月3日，就在安徽省太和县揭开税费改革序幕的第十六天，河北省综合改革办公室和正定县政府，联合在京召开了一次"公粮制改革试点研讨会"。

这是中国历史上第一次有关农村税费改革的理论研究会。其规格之高，影响之大，都是空前的。中央政研室、国务院研究室、国务院发展研究中心、国家体改委、中国农科院、中国社会科学院、财政部、农业部以及国内贸易部的有关领导和著名专家都应邀到会。

在研讨会上，大家都对河北省搞的这个公粮制改革试点给予了极高的评价。

1994年1月10日，新的一年刚刚到来，河北省公粮制改革的试点迅速由正定县的3个乡，扩大到全省26个县市的184个乡、镇，其中正定、宁普、故城、新乐和沧县都是全县全面推开的。

一时间，公粮制改革的滚滚热浪，在黄河北岸这一望无垠的阡陌之间沸腾，给我国这块重要的粮棉产区带来了勃勃生机！

# 武冈市开始试行费改税

1994年，湖南省武冈市开始实施的分税制财政体制，根据中央与地方事权划分状况，明确划分中央与地方支出责任，按税种划分中央与地方收入范围，建立政府间转移支付制度。

武冈市地处湘西南，是湖南省邵阳市所辖的一个县级市。武冈市大力推行农村"费改税"，主要是为了解决农村收费管理中存在的3个主要问题：

一是收费乱。据当地干部群众反映，当时，农村中的各种收费，政出多门，种类繁多。来自各种法规、部门红头文件以及领导讲话的收费、集资、摊派项目和达标活动层出不穷。

二是收费难。由于收费管理混乱，农民的抵触情绪大。国家规定的"三提五统"也难以收上来。据反映，改革前武冈市收取"三提五统"要通过"人海战术"，由村组干部挨家挨户上门催收，征收成本一般在20%左右，收费难，已成为农村工作中的"第一难事"。该收的收不上来，该支的支不出去，拖欠村干部误工补助的现象相当普遍。受其影响，一些地方人心涣散，班子瘫痪，严重影响农村基层政权的稳定和农村社会经济的发展。

三是财力分散，管理混乱。改革前，武冈市各乡、镇的"三提五统"由乡、镇政府各相关机构、部门分别管理和使用。财力分散，各自为政，缺乏监督。

为规范收费管理，遏制农民负担不断增长的势头，保证"三提五统"的足额收取，集中使用财力，保证农村公益事业和政权建设支出，巩固农村基层政权，经武冈市人大批准，市委、市政府决定进行农村"费改税"。

武冈市实行农村"费改税"的主要内容和做法是：

1. 将三项村提留和五项乡统筹改为"农村公益事业建设税"。

2. "农村公益事业建设税"以上年农民人均纯收入为计税依据。

3. "农村公益事业建设税"的纳税人为试点乡、镇区域内的农民。

4. 收取的"农村公益事业建设税"，主要用于国务院规定的乡统筹、村提留的支出范围，具体规定了12个方面的用途。

5. "农村公益事业建设税"收入，由乡、镇政府通过乡、镇财政预算统筹使用。

为制止乱收费，武冈市还规定，实行"费改税"后，取消其他一切收费。对强行乱收费的，农民有权抵制并可提起行政诉讼。

湖南省人大、省政府对武冈"费改税"几年的试点情况给予基本肯定。认为武冈"费改税"在减轻和规范农民负担，改善和健全乡、镇政府职能，稳定和巩固农村基层政权等方面取得了一定成效。同时也反映出，武冈的"费改税"还存在一些争议。因此，湖南省政府结合本省实际情况，提出规范农村税费改革的思路，即"取消乡统筹，增加农业税，减少村提留，完善义务工"。

1998年10月27日至10月31日，财政部、农业部联合调查组对湖南武冈市农村"费改税"试点情况进行了调查。

调查组听取了武冈市委、市政府关于全市农村"费改税"情况的汇报；召开座谈会，分别听取了财政局、农业局、粮食局、农委、教委、乡镇委等有关部门和部分乡、村干部及农民群众的意见；并到邓元泰镇、龙田乡进行了实地调查，走访了部分农户和村组干部。在武冈调查结束后，在长沙，调查组又听取了省政府、省人大对武冈农村"费改税"的有关意见。

调查组认为武冈市农村"费改税"3年的试点工作取得了一定的成效，也存在一些问题。

武冈"费改税"，在一定程度上有利于遏制农民负担不断增长的势头，对于规范收费，加强资金管理，改善干群关系，及时发放村组干部误工补贴，促进农村基层政权的稳定等，有积极意义。

调查组同时认为，农村税费改革还应注意研究解决以下几个问题：

一是新时期乡、镇政府职能定位和乡、镇政府机构改革；二是落实中央有关农村的方针政策，尊重村级组织的自主权；三是农村税费改革要综合考虑农民负担，切实防止税外负担的增长。

为使农村税费改革试点工作顺利进行，调查组建议：

武冈市的试点工作可以继续进行，试点工作必须注意遵守和贯彻党在农村工作的方针政策，不断总结经验，完善试点办法。上级组织要加强对试点工作的指导，在试点办法尚未成熟的情况下，不宜大范围地推广。

加快农村税费改革步伐，尽快制定统一政策和办法，指导全国农村税费改革工作。

在1997年，全国有几十个县市在进行农村税费改革试点，其试点模式都存在较大差异。为指导和规范各地农村税费改革试点工作，中央要求加快农村税费改革步伐，尽快研究出台有关政策和具体改革措施，推动农村税费改革的健康发展。

# 召开总结税费改革经验研讨会

1995年4月21日至25日，全国农村基层税费制度改革经验研讨会在安徽阜阳召开。

安徽阜阳地区位于皖西北与河南省接壤，是我国著名的产粮区，更是经国务院备案的中国第一个农村改革试验区。

在1986年时，这个试验区是在当时国务院农村发展研究中心主任杜润生的亲自带领下，由段应碧、周其仁、陈锡文、杜鹰、卢迈等一大批著名农业专家建立起来的。

这次率先进行土地税制改革的涡阳县新兴镇和赞成农村税费改革第一县的太和县，都在这个地区。因此，1995年4月，全国农村基层税费制度改革经验研讨会放在阜阳召开，无疑是顺理成章的事情。

会议由国家农村改革试验区办公室主任杜鹰主持。

来自国家经济体制改革委员会、国务院特区办公室、农业部、财政部、内贸部和粮食部门等部委办的专家学者，来自安徽省阜阳试验区、湖南省怀化试验区、贵州省湄潭试验区及河北省正定县、河南省城郿县等七省的有关县代表共80余人出席了会议。

大家实地考察了太和县试点情况，还就各地试点的具体做法和成效进行了交流，针对当时尚存在的具体问题和如何进一步完善试点工作,都作了深入的探讨。

由于各地都是根据自己的实际情况确定具体做法的,因此在改革的措施上是不尽相同的。看上去,令人眼花缭乱,其实,万变不离其宗,还是何开荫早先总结出来的那几句话,是一种"税费统筹、折实征收、财政结算、税费分流"的模式。

在原则和目标大体一致的前提下,各地都在农村基层税费制度的改革方面做了许多有益的尝试。与会代表公认,在诸多试点之中,安徽省太和县和河北省正定县的两处试点又是最具有代表性的。

在会上,国务院特区办政研室副主任刘福垣的发言格外受人关注。他说:"听了同志们的介绍,对这项改革,我有一个总的感觉,就是现在试点单位的改革已经获得了基本的成功,意义是非常重大的。姜春云副总理说这项改革不仅有经济而且有政治意义,说明这个问题确实是上下都很关心的事。"

他说:"我认为这项改革的意义,已经不仅仅是简单地解决农民负担问题,其核心,就是理顺国家、集体和农民的关系。我们第一次改革,是以'大包干'为旗帜,改革的对象是政府,是我们公社化以来的政社合一的体制。"

他说:"今天,各级政府都在讨论如何减轻农民负担,如何消除苛捐杂税,如何改变干部'要钱、要粮、要命'的形象。很多政府的文件三令五申这个费可以收,那个费不能收；哪个税是合理的，哪个税是不合理的；收多少为合理，收多少为不合理；国务院的电话会议也曾明令取消31项费用。其实，在分配关系都不清楚的背景下，哪个合理，哪个不合理，最后也是划不清的，上面下面都不清。比如计划生育费用、民兵训练费用，这全是一种行政性的费用，是贯彻国家政策所需要的费用，它和农业生产并没关系，实际上也应该由财政来拿的，但是现在，都混在了'三提五统'里面要农民承担。

"只有最根本地解决摊派问题，真正做到明租、正税、除费，我们才能够对农村的分配问题喊上一声'立正'。农民和社区之间说到底只有租的关系，农民和国家的关系也只是靠税来调整，农民交了租，交了税，其他的任何费用都与农民无关！"

最后，他慷慨陈词："既然我们下这么大决心来搞这项改革，就应该有一个恒心。既然我们承担了这个改革任务，就应该给我们这个权力，对以一切方式加重农民负担的东西，就要敢顶，即便说农民都同意了，也不要听这话！"

刘福垣的发言，赢得了各地代表热烈的掌声。

在这次会议上，参加会议的专家，对这项改革更是给予了极高的评价，认为它是对旧体制的又一次突破，在实践中是可行的，方向是对头的，成效是明显的。

## 二、中央推动税改

- 在十五届三中全会上，与会代表一致通过了《中共中央关于农业和农村工作若干重大问题的决定》。

- 1998年11月20日，国务院成立以财政部部长项怀诚牵头的农村税费改革小组。

- 2000年3月2日，党中央、国务院为了从根本上减轻农民负担，正式下发了《关于进行农村税费改革试点工作的通知》，并决定率先在安徽全省进行试点。

# 中央把农村税改作为工作重点

1998年10月,在北京召开的十五届三中全会上,农村税费制度改革被列为改革重点内容。

在十五届三中全会上,与会代表一致通过了《中共中央关于农业和农村工作若干重大问题的决定》,这次会议提出:

> 农业、农村和农民问题是关系改革开放和现代化建设全局的重大问题。没有农村的稳定就没有全国的稳定,没有农民的小康就没有全国人民的小康,没有农业的现代化就没有整个国民经济的现代化。

原来,在1978年实行联产承包责任制之后的10年,是我国农村和农业的"黄金发展期"。但是,从20世纪80年代末开始,农产品供给出现了结构性和地区性过剩,农产品销售不畅,价格下跌,农民增收都困难。

此外,各级政府自上而下层层下达各种经济社会发展任务,除了农业税之外,还有"三项提留、五项统筹"、各式名目的"集资收费"。农民负担的不断加重,激起农民的强烈不满。这些情况引起中央和部分地方政府对减轻农民负担工作的重视。

在1990年2月，国务院发出《关于切实减轻农民负担的通知》，指出：

> 不少地方农民人均负担的增长，超过了人均纯收入的增长，超过了农民的承受能力，严重挫伤农民发展生产的积极性，损害党群、干群关系。如此发展下去，必将影响农村经济的发展和社会安全。

本"通知"规范了农民负担的提取比例和提取办法，但其中的规章制度灵活性较大，文件中鼓励各地政府"要在调查研究的基础上，根据本通知的规定，制定减轻农民负担的具体办法"。

在这个鼓励减轻农民负担政策出台的同期，部分地方政府和部分学者也已开始着手研究如何解决征粮征税难和减轻农民负担问题。

尤其在1993年和1994年国务院连续召开两个与减轻农民负担有关的工作会议后，一些地区自发进行了税费改革创新试点，如河北正定县的"公粮制"、安徽太和县"税费合一"、湖南武冈市"费改税"等。

这些各地自发进行的税费改革，明确了税费项目，简化了征管办法，因而提高了农民负担的透明度，比较有效地遏制了"三乱"，在一定程度上控减了农民负担，改善了农村干群关系。

但是，由于县、乡、村三级财政和行政大环境尤其是相关法律文本没有变动，这些地区性的创新只能局限于推行新的农业税费征管办法，并不能从根本上减轻农民不合理的负担。

当时，中央认为这一时期影响农村稳定和发展的关键因素是农民负担问题，所以决定以农村税费改革为突破口。

在十五届三中全会后，国务院就成立了由财政部、农业部和中央农村工作领导小组办公室3个部门主要负责人组成的国务院农村税费改革工作小组，开始着手研究和制订新的改革方案，为减轻农民负担工作由治乱减负适时转向税费改革做准备。

# 国务院成立税费改革小组

1998年11月20日，国务院成立了以财政部部长项怀诚牵头的农村税费改革小组。

1999年4月，农村税费改革小组将一份名为《关于农村税费改革有关重大政策问题的调研报告》上报国务院。

2000年1月，国务院第五十七次总理办公会议原则通过了小组提出的关于农村税费改革试点工作若干问题的意见。

《关于农村税费改革有关重大政策问题的调研报告》和据此形成的政策性文件，基本上奠定了税费改革方案的雏形。

根据农村税费改革新方案，改革内容被概括为"三个取消，一个逐步取消，两个调整和一项改革"：

即取消屠宰税，取消乡、镇统筹款，取消教育集资等专门面向农民征收的行政事业性收费和政府性基金；

用3年的时间，逐步减少直至全部取消统一规定的劳动积累工和义务工；

调整农业税政策、调整农业特产税征收办

法，规定新农业税税率上限为7%；

改革村提留征收和使用办法，以农业税额的20%为上限，征收农业税附加，替代原来的村提留。

国务院税费改革工作小组组长项怀诚说："这是对向农民乱收费根源的釜底抽薪。将'乡统筹'等面向农民的各种政府收费和乱收费一律减掉，目的在于堵死乱收费的口子；按照新的税率提高农业税，在一定程度上可以弥补取消乡统筹费带来的缺口并规范征收；同时，改革村提留的征收使用办法，将村提留以农业税附加形式收取，意在带动村级组织的改革。"

改革的方向，在于借此建立一个以农业税、农业特产税及其附加，以及村级"一事一议"筹资、筹劳为主要内容的农村税费制度框架。至于新税制是收钱还是收粮，新方案并没有统一规定，允许各地根据具体情况自行确定。

农村统筹资金是乡、镇政府以"三提五统"等各种收费形式直接向农民收取的，实质上属于"一事一费一制"筹资办法。

"一事一费"的筹资办法本身也没什么特别的不好，但需要专款专用、收入与支出相适应，但农村在具体工作中实际上做不到这一点，因为收费是由各部门自收自用，缺乏严格的法律约束和有效监督机制，在各部门自身利益的驱动下，在实际执行中，就很容易扩大收费项目，或产生搭车收费的现象，乱收费、高收费也就成了不可治愈的"顽症"，从而造成农民负担远远超出国家所规定的"定项限额"。

这些名目繁多的收入，除极少数纳入国家统一预算外，绝大部分游离于国家预算之外，由各部门各单位自行分配使用。

这种"诸侯财政"和"瘦干肥枝"的做法，是不符合市场经济要求的，属于不规范的分配行为，对我国的社会经济发展带来极大危害。一方面扰乱了整个国家的分配秩序，加重了农户的负担；另一方面，因逃避开财政监督和管理，便为各级政府官员的腐败行为提供了客观条件，这对国家政权的稳定也极为不利。

因此，农村税费改革是农村经济利益大调整的重大决策，目的在于通过对现行农业和农村领域的税费制度的改革和完善，规范农村分配制度，理顺国家、集体和农民之间的分配关系，真正实现"耕者有其利"。

农村税费改革，因为涉及面广，影响深远，也被称为1949年以来，继土地革命、改革开放初期推行家庭承包经营制之后的"中国农村的第三次革命"。

# 中央进行农村税费改革试点

2000年3月2日,党中央、国务院为了从根本上减轻农民负担,正式下发了《关于进行农村税费改革试点工作的通知》,并决定率先在安徽全省进行试点。

"通知"规定:

农业税的计税依据的常年产量以1998年前5年农作物的平均产量确定,并保持长期稳定;调整农业税税率,将原农业税附加并入新的农业税。新的农业税实行差别税率,最高不超过7%;农民上缴的用于村干部报酬、五保户供养、办公经费等方面的村提留,采用新的农业税附加方式统一收取,农业税附加比例最高不超过农业税正税的20%,具体附加比例由省级和省级以下政府逐级核定。

"通知"首次提出"三个确保":

确保农民负担得到明显减轻、不反弹,确保乡、镇机构和村级组织正常运转,确保农村义务教育经费的正常需要,是衡量农村税费改革是否成功的重要标志。

2000年4月,党中央、国务院发出通知,决定在安徽全省和由其他省、自治区、直辖市选择少数县、市进行农村税费改革试点,探索建立规范的农村税费制度和从根本上减轻农民负担的办法。

2000年4月23日,国务院批准了安徽的方案。改革随即在安徽全省85个县、市、区推开。一时间,安徽全省"沿街有横幅,墙上有标语,乡村有专栏,广播有声音,电视有图像,路有宣传车,疑难有解答",全省上下一片改革之声。

2001年,根据农村税费改革的进展情况,国务院发出了《关于进一步做好农村税费改革试点工作的通知》。"通知"规定:

> 在试点过程中,地方可以按照中发〔2000〕7号文件有关农业税及其附加、农业特产税的规定征收,村级三项费用经费缺口由乡、镇财政适当补助;也可以按中发〔2000〕7号文件精神在农业税及附加总体负担水平不超过8.4%的前提下,通过适当降低农业税税率,相应提高农业税附加比例的办法,增加村级收入。

2001年5月上旬,安徽省里开始审批县、市、区的实施方案；6月中旬，各地将农业税任务分解到乡、镇、村、户，开始按照新税制的要求征收。

具体实施中，安徽全省首先对1993年以来主要农作物产量、二轮承包土地面积、农业人口、农业税和乡统筹、村提留等86个指标进行了全面统计调查，并逐步测算到乡、镇和村。

乡、镇征收机关根据县、区政府核定的农业税、农业特产税依率计征税额，编制到村、组、户的征收清册，报县、区征收机关审批后，各村将征收方案张榜公布并逐户向纳税人发出纳税通知书。

据统计，农村税费改革政策收效十分明显，绝大多数农民的负担水平都有下降。

一年中，全省农民总的税费负担37.61亿元，比改革前同口径税费负担49.25亿元减少11.64亿元，减幅达23.6%。加上取消屠宰税和农村教育集资，全省农民总税费负担减少16.9亿元，减幅达31%。

同时，全省对各类涉农收费、集资等进行了清理，一次性取消各种收费、集资政府性基金和达标项目50多种。平均下来，每个农民一年少交几十块钱。

收入减了，基层财政也出现了困难。据安徽省测算，改革后，全省减收13.11亿元，平均每个县减收多达1542万元。其中，乡、镇减收10.41亿元，村级减收2.7亿元。其他试点地区也分别遇到了类似的问题。

在中国行政体制链条上，县以下的行政本来就是薄弱环节，拖欠工资、债务沉重、财力虚空屡见不鲜。一旦新的收入缺口增大，问题接踵而来。改革前，乡、镇为建设农田水利设施等公益事业，早已寅吃卯粮，但尚能通过筹款等形式筹集偿债资金。改革后，集资的口子被政策堵死，债务更难消化。因为缺钱，有的基层干部已经是"说话无人听，走路有人跟，早晚有人等，亲友变仇人"，工作无法进行。税改试点更加剧了安徽乡、镇财政的困难。

农村税费改革继续进行，乡、镇干部利益受到直接冲击。2001年2月26日，在安徽省委、省政府召开的全省农村税费改革工作会议上，部分地区的代表直截了当地说，基层财政困难将阻碍农村税费改革的推进。

基层的声音反映到了上层。中央财政最终向安徽提供了11亿元的专项转移支付，2001年这个数字又增加到17亿元，比安徽最初上报的7亿元整整多出10亿。可以说，中央为推动安徽的试点支付了巨大的成本。

但是，"给钱"既非改革的初衷，亦非改革的目标。中央领导多次强调，方案的制订和执行必须从严，否则虽能解一时之困，却无法达到改革的目的。

农村税费改革必须进行配套改革。税费改革构想中，为配套改革提出的任务是乡、镇政府"减人、减事、减支"，而当时全国4.5万个乡、镇，财政供养人员1280万人，此外还有380万名村干部。平均每40个农民就供养一名干部。

农村税费改革，必然牵涉更深刻、更广泛的改革，特别是基层政府体制和机构改革。这属于税费改革设计方案所说的"配套改革"，但显然比税费改革更复杂、更深刻，也更艰难。

2001年初，国务院本计划在全国迅速推开此项改革，但在数月后的4月25日，国务院办公厅印发的《关于2001年农村税费改革试点工作有关问题的通知》决定，暂缓扩大农村税费制度的改革试点。

税改之难可见一斑。

# 国务院扩大农村税费改革范围

2002年3月27日，国务院办公厅又发出了《关于做好2002年扩大农村税费改革试点工作的通知》，决定2002年进一步扩大农村税费改革试点范围。

"通知"说：

根据中央经济工作会议和中央农村工作会议精神，按照中央提出的积极稳妥、量力而行、分步实施的原则，国务院决定2002年进一步扩大农村税费改革试点范围。

为了保证改革试点工作顺利进行，达到预期目的，2002年中央财政增加了用于农村税费改革试点的转移支付资金。

按照适当照顾粮食主产区、民族地区和特殊困难地区的原则，中央财政用统一和规范的办法将转移支付资金分配给新增扩大改革试点的省，实行包干使用。对2001年经国务院批准的改革试点省及其试点县、市，中央财政按照既定的补助范围和数额继续给予转移支付补助。

"通知"还强调：

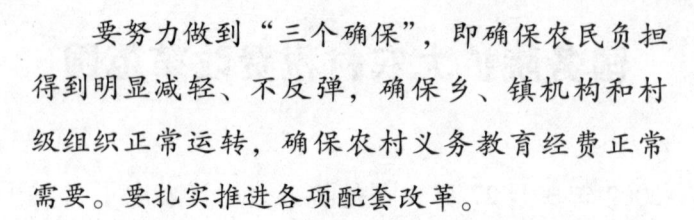

要努力做到"三个确保",即确保农民负担得到明显减轻、不反弹,确保乡、镇机构和村级组织正常运转,确保农村义务教育经费正常需要。要扎实推进各项配套改革。

各地在制订和实施改革方案过程中,必须全面贯彻中央有关农村税费改革的各项政策,坚持"减轻、规范、稳定"的原则,继续严格执行《中共中央、国务院关于进行农村税费改革试点工作的通知》和《国务院关于进一步做好农村税费改革试点工作的通知》规定的各项政策。

要扎实推进各项配套改革。试点地区在落实农村税费改革政策的同时,必须相应推进相关乡、镇机构改革,农村教育改革和政府公共支出改革等相关配套改革,精简乡、镇机构,合理控制人员编制,压缩乡村干部,优化教师队伍,努力节减开支。

农村税费改革涉及千家万户,试点地区要加强政策宣传工作,真正使改革家喻户晓,深入人心。要加强干部的培训工作,建立一批懂政策、业务精、作风实的干部队伍,确保中央各项改革政策在执行中不走样。

试点地区农村税费改革领导小组及其办事

机构，要切实加强对改革试点工作的督查。

……

政策一出，立即得到呼应。

全国 16 个新增试点省、自治区、直辖市，以及确定为自费改革的上海、浙江两地，都决定在所辖范围内推开改革，加上已经进行全省试点的安徽、江苏两省，全国将总共有 20 个省、自治区、直辖市在推行农村税费改革。

2002 年 9 月初，国务院农村税费改革工作小组与国务院纠正行业不正之风办公室，为了确保农村税费改革扩大试点工作健康有序地进行，联合下发紧急通知，以确保农村税费改革扩大试点工作健康有序地进行。

有了中央、国务院的大力支持，地方改革的积极性被释放出来，农村税费改革试点得到全面推广。此时，农村税费改革已经真正走向了全国。

# 江西实行户户税费减负

2002年,农村税费改革实际扩大到全国20个省。

2002年4月,江西省开始全面推行农村税费改革。

在农村税费改革实践中,中央提出了3个确保:确保农民负担明显减轻、不反弹;确保乡、镇机构和村级组织正常运转;确保农村义务教育经费正常需要。江西省结合地方实际情况,增加了第四个确保,即"确保农村社会稳定",并收到了良好效果。

"农村社会稳定"之于改革的意义毋庸赘言,在整个税费改革中,江西坚持总体部署、稳步推进,分4个阶段有序展开。第一阶段宣传培训和组织发动;第二阶段核定计税面积和定产,确定税负;第三阶段规范收费和农业税收征管;第四阶段进行配套改革。每一个阶段告一段落,都开展"回头看",在巩固中推进,在推进中完善。

为保证税费改革的顺利进行,江西在省、市两级组织了113个督导组,采取交叉督察、重点督察和专向督察等形式,走村入户,明察暗访,及时发现问题,限时解决问题。各县、市向基层派出了2372个指导组,抽调干部14977人,使每个村都有2至3名干部帮助推进改革,为改革大局的稳定提供了组织保证。

税改之初,江西省就明确了"不准清欠"等"六不准"纪律。同时，完善农业税收征管政策措施，采取货币征收和实物征收相结合的办法，由农民自主决定是交粮食还是交现金、交早稻还是交晚稻、一次完成还是几次完成，尊重农民意愿，受到了农民的欢迎，避免了因税改引发群体性事件或恶性案件。江西的这些做法，把问题化解在基层和萌芽状态，确保了税改的顺利实施。

2002年，中央对农村税费改革减负率的要求是"以县为单位，农民整体减负20%"以上。在调查摸底过程中，江西省发现，由于人少田多和过去负担不均等原因，税改后可能会出现少数农户增负的情况。对此，他们创造性地提出了"户户减负"的工作目标，使农村税费改革政策惠及每一位农民。

江西省税改办主任胡幼桃说："'户户减负'虽然只有仅仅4个字，但字字千钧。江西抓住计税面积和常年产量这两个核定税负的重点和难点。在普遍减轻的基础上，再通过减、调、降、退，确保不因税改增加农民的负担。"对于人少田多或种田大户，浮梁县还专门规定"种田15亩以上的农户给予减免10%农业税"，王港乡因此受惠的农户达到21户。

江西首先据实从宽确定计税面积。对不是农民自身原因造成的土地征占或改变了农业用途而减少的土地，如修建乡村道路、新建农村中小学、创办乡镇企业和小型农田水利建设等，无论是否经过批准或缴纳耕地占用税，一律先据实核减，不再由农民承担计税面积。按照这个原则，全省重新核定的农业税计税面积比二轮承包面积减少了253万亩。

其次从低确定计税常产。核定计税常产，既参考1994至1998年5年平均常产统计年报数据，又注意听取大多数群众的意见。反复调查摸底，区别不同类别土地和耕种水平，据实从低确定计税常产。

在操作上，注重对田亩多、负担重地从低确定，对田亩少、负担轻的按中等偏高水平确定。最终，全省平均从每亩1477元调减至1343元。

由于人少田多和过去负担不均，在基本完成计税面积和常产核定后，有部分农民反映税改后增加了负担。萍乡市青原区的高坑镇、青山镇地处城郊，税改后，农业税据实征收，负担反而增加了。农民们想不通："税改是减轻农民负担，怎么改下来反而增负了？"

为此，江西省开展了一次"拉网式"的"回头看"活动，及时组织干部逐乡、逐村、逐户进行排查，全省共排查出增负农户8.7万户。对增负的农户，他们采取调减常产、调减计税面积、调减税负等方式逐一加以解决，最终基本实现了每个农户都减负。

高坑镇新华村农民利厚云家种了1.4亩田，2001年交各种负担105元，2002年重新核定税负为110元。通过"回头看"，调减为80多元。虽然只减少了20多元，但他从此逢人就说："税费改革减轻农民负担，确实是动真格的。"

"户户减负"促进了整体的大幅度减负，也赢得了民心，缓解了干群关系。江西农民亩均负担由改革前的 103.8 元，降到 64.2 元；人均负担由改革前的 99.36 元，降到 61.35 元，减负率达 38.3%。

一位农民给江西省信访办算了一笔税改前后的负担账，表达对党和政府税费改革政策的感激。而最显著的表现就是，2002 年，全省农业税征缴出现了多年来少见的踊跃场面，完成速度明显快于往年。

兴国县是有名的"将军县"，许多农民家中都珍藏着当年土地革命时颁发的"土地证"。现在，兴国农民又有了新的珍藏。一位名叫刘伦财的老人，非常感激税改真正减轻了农民负担，他是税改后全村第一个上缴农业税的，税票编号为 001。他把这张税票和江西省委发的两封"减负"公开信珍藏起来。他说："这是共产党为农民谋利益的见证，也是老百姓抵制乱收费的护身符。"

农民减负后，对税改成果能否巩固比较担心。因为税费改革后，一些不是专门面向农民的行政事业性收费还要继续保留，一些经营服务性收费还将存在，管不好，减下来的几十元钱会很快被"吞噬"。因此，把政策交给农民，把监督方法告诉农民，确立农民对自己负担的监督主体地位非常必要。为此，江西省委、省政府于 2002 年两次向全省农民发布"公开信"。

第一封是在 2002 年 4 月中旬，税费改革刚刚启动时发出的。信中主要告诉农民，减轻农民负担的全省农村税费改革试点即将启动，农民有关农村税费改革的政策，了解农业税该怎么交，集体事业该怎么搞。

第二封公开信是 2002 年 7 月份发出的。主要告诉农民具体的收费政策，使他们清楚哪些费要交，交多少。还一一列出农村义务教育、农民生活用电、农民自用房建房、婚姻登记、计划生育、农田灌溉、畜禽防疫检查等农村主要的 8 项收费项目及其标准，同时还公布了举报电话。

信发出两个月，就接到举报电话 5000 多件。有关部门做到举报一起查处一起，为农民群众追回乱收费 15 万元，严肃处理了一批乱收费的单位和个人，有效遏止了涉农乱收费问题。农民说：

> 省委、省政府的公开信使老百姓个个都成明白人，人人都是"监督员"。

在确保农村社会稳定的前提下，不仅全省 3200 万农民、800 万户农户实现了"户户减负"，而且确立了农民对农民负担的监督主体地位，同时也为国内全面推开农村税费改革积累了经验。

经过几年的税费改革，农民的税费负担大为降低。至 2003 年，全国的农业税收总额为 338 亿元，而全国的财政收入达到了 2.17 万亿元，农业税所占份额仅占 1.56%。

# 三、深化农村税改

●2004年4月14日,财政部、农业部、国家税务总局三部门联合下发《关于2004年降低农业税税率和在部分粮食主产区进行免征农业税改革试点有关问题的通知》。

## 中央关注农村税费改革

2002 年底，新一届党中央刚刚选举产生不久，为准备 2003 年初的中央农村工作会议，新一届中央政治局和中央政治局常委会专门召开会议。

在中央政治局会议上，新一届中央政治局提出：

要更加关注农村，关心农民，支持农业，要把"三农"问题作为全党工作的重中之重。

2003 年 1 月 7 日至 8 日，在中央农村工作会议上，新当选的党中央总书记胡锦涛出席并作重要讲话，他又一次强调"全面建设小康社会最艰巨、最繁重的任务在农村"。

这次会议指出：

全面建设小康社会，必须统筹城乡经济社会发展，更多地关注农村，关心农民，支持农业，把解决好农业、农村和农民问题作为全党工作的重中之重，放在更加突出的位置，努力开创农业和农村工作的新局面。

2003年3月27日，国务院又发布了《关于全面推进农村税费改革试点工作的意见》，决定2003年在进一步总结经验、完善政策的基础上，全面推进农村税费改革试点工作。这样，历经曲折的农村税费改革工作又在摸索中走向全国。

2003年4月3日，国务院在北京召开全国农村税费改革试点工作电视电话会议。

中央政治局常委、国务院总理温家宝出席会议并作重要讲话，他说：

> 中央决定，今年农村税费改革试点工作在全国范围推开，这是深化农村改革、促进农村发展的一项重大决策。
>
> 全面推开农村税费改革试点工作，要以"三个代表"重要思想为指导，认真贯彻党的十六大精神，以彻底减轻农民负担、促进农民增收为目标，理顺国家、集体和农民的分配关系，推动农村上层建筑的变革，建立与社会主义市场经济要求相适应的农业管理体制和运行机制，进一步解放和发展农村生产力。

温家宝指出：

> 农村税费改革试点工作取得明显成效。农

民负担大幅减轻，农村税费制度得到规范。密切了干群关系，加强了农村基层政权建设，维护了农村社会稳定。实践证明，中央关于农村税费改革的决策是完全正确的，得到了亿万农民的衷心拥护。

在会上，温家宝布置了当时农村税费改革工作重点：

一是进一步减轻粮食主产区和种地农民的负担；

二是取消农业特产税，少数地区一时取消不了的，也要缩小征收范围，降低税率逐步取消；

三是严格把握农业税及其附加不要超过国家规定的税率上限；

四是继续精简乡、镇机构，切实转变政府职能。

温家宝最后要求：

各地要加强对试点工作的领导。对改革方案和重要政策要认真研究，精心组织实施；对各项配套改革，要加强协调，周密安排；对群众反映强烈的热点问题，要深入调查研究，及

时妥善解决。

各有关部门要从全局出发，齐心协力，积极做好工作。要建立健全农民负担监督管理机制，全面实行收费项目、标准公示制，自觉接受社会监督。

2003年9月12日，国务院在北京召开农村税费改革试点工作座谈会。回良玉在会上指出，衡量改革试点工作是否做好，一要看是否认真执行中央政策，二要看是否做到"三个确保"，三要看是否与相关配套改革措施综合推进，四要看是否妥善解决改革中暴露出的矛盾和问题，最终要看是否进一步解放和发展了农村生产力，让广大农民群众满意。

在2003年9月，为了解决试点改革中出现的问题，特别是义务教育经费缺口问题，国务院还召开了全国农村教育工作会议，并出台了《关于进一步加强农村教育工作的决定》，要求全面建立"以县为主"的农村义务教育管理体制。

2003年底，第二次中央农村工作会议召开。中央经过认真的分析和研究后认为，2003年在遭受非典和多种自然灾害的影响下，农业和农村保持稳定发展，这样好的局面来之不易，很多经验值得认真总结；同时，近几年来农民收入持续增长缓慢，已成为影响农村乃至整个国民经济全局的重大问题。

正是基于这样一系列的考虑,中央认为,当前农业和农村经济运行中最为突出的是农民增收,尤其是粮食主产区种粮农民的增收问题。解决了农民增收问题,农民种粮的积极性也会得到提高,可谓一举两得。因此,中央在确定文件的基本内容时,明确提出要把促进增加农民收入放在突出位置上。

2003年10月11日至14日,在北京召开的十六届三中全会决定中提出:

> 要深化农村税费改革,完善改革试点的各项政策,取消农业特产税。在完成试点工作的基础上,逐步降低农业税率,切实减轻农民负担。

按照党的十六大以及中央经济工作会议和中央农村工作会议精神,国务院决定,在全国全面推进农村税费改革试点工作。

2003年12月31日,党中央、国务院发布的《关于促进农民增加收入若干政策的意见》中提出:

> 2004年农业税税率总体上降低一个百分点,同时取消除烟叶外的农业特产税。有条件的地方,可以进一步降低农业税税率或免征农业税。

2004年1月1日，党中央发布"一号文件"，提出逐步降低农业税税率，当年农业税税率总体上降低一个百分点，同时取消除烟叶外的农业特产税。

3月5日，温家宝在十届人大二次会议上做政府工作报告时宣布："从今年起，中国逐步降低农业税税率，平均每年降低一个百分点以上，5年内取消农业税。"

3月23日，中央决定在黑龙江、吉林两省进行免征农业税改革试点，河北等11个粮食主产区的农业税税率降低3个百分点，其余省份农业税税率降低一个百分点。农业税附加随正税同步降低或取消。

6月23日，温家宝又主持召开国务院常务会议，研究部署深化农村税费改革试点工作。

7月，在全国农村税费改革试点工作会议上，又总结4年来农村税费改革试点工作经验，分析研究改革进程中的新形势、新情况、新问题，安排部署当年深化改革试点工作。

2004年，国家出台了一系列促进粮食增产和农民增收的政策措施，进一步加大了降低农业税税率力度，体现了党中央、国务院对农业、农村和农民的关心和支持。

# 温家宝宣布降低农业税

2004年3月5日,第十届全国人民代表大会第二次会议在北京人民大会堂开幕。

在会上,温家宝代表国务院做政府工作报告。在谈到"农业、农村和农民问题"时,他说:

> 解决农业、农村和农民问题,是我们全部工作的重中之重。当前,我国农业发展又处在一个关键时期。今年要按照统筹城乡发展的要求,采取更直接、更有力的政策措施,加强农业,支持农业,保护农业,努力增加农民收入。

为此,温家宝提出了实现农民增收和农业增产方面的措施:

> 保护和提高粮食综合生产能力。实行最严格的耕地保护制度,纠正随意改变基本农田用途的现象。加快改革土地征用制度,完善土地征用程序和补偿机制,确保占补平衡。扩大粮食播种面积,努力提高单产。重点支持主产区发展粮食生产,建设稳产高产基本农田。

推进农业和农村经济结构战略性调整。大力发展优质、高产、高效、生态、安全农业，提高农产品质量和竞争力。推进优势农产品产业带建设，促进农业产业化经营。

发展农村非农产业，壮大县域经济。稳步推进城镇化，改善农民进城就业环境，加强农民工培训，多渠道扩大农村劳动力转移就业。

深化粮食流通体制改革。全面放开粮食购销市场，加快国有粮食企业改革，加强粮食市场管理和调控，对种粮农民实行直接补贴。今年国家从粮食风险基金中拿出100亿元，直接补贴种粮农民，以调动农民种粮的积极性。

加大对农业和农村投入力度。各级政府都要增加对"三农"的投入。今年中央财政投入增加300亿元左右，比上年增长20%以上。国债投资重点加强农村"六小工程"和农田水利建设，改善农民生产生活条件。

继续搞好农村扶贫开发，多渠道增加扶贫资金投入。改进农村金融服务，农村信用社要增加农户小额信用贷款和农户联保贷款，支持农民发展生产。

加快农业科技进步。加强农业科研攻关，增强农业科技创新、储备和转化能力。加强农村科技推广体系建设，大力推广增产增效的先进适用技术，扩大农作物良种补贴范围和规模。

在会上，温家宝还特别强调推进农村税费改革，他说：

我要在这里向大会郑重报告，从今年起，中国逐步降低农业税税率，平均每年降低一个百分点以上，5年内取消农业税。

听到温家宝的话，会场顿时响起长时间的掌声。他接着说：

今年农业税率降低可使农民减轻负担70亿元人民币。除烟叶外，取消农业特产税，每年可使农民减轻负担48亿元。为支持农村税费改革，今年中央财政拿出396亿元用于转移支付。

在这次会议上，各地的代表也非常关心如何进一步减轻农民负担，调动农民生产积极性的问题。

参加会议的广东代表陈伟忠说：

中国经济快速发展，国家税源逐渐转向以工业、贸易征税为主，农业税在国家税收总额中所占的比例越来越小。与此同时，我国农业和农村发展中却存在着许多矛盾和问题，最突出的即是农民增收困难。《中共中央关于促进农民增加收入的若干政策的意见》正在实施，为了进一步减轻农民负担，增加农民实际收入，建议国家免征农业税。

来自广东河源市和平县附城镇龙湖村的村民罗红英代表感慨地说：

我们是尝到了甜头，家家户户都有实惠！去年广东实行农村税费改革后，农民人均每年负担由改革前的106元减少为17元，人均减负89.53元！如果能再把农业税免了，农民就可以更轻装上阵，奔康致富。

来自湖南湘潭的全国人大代表任玉奇说：

现行农业税制度已经不适应我国农村经济及国民经济发展的需要，成为农村经济发展及农民收入和生活水平提高的一大障碍。因此，我们建议我国在3年内逐步取消农业税。

任玉奇和湖南团的30名代表还提出了《关于尽快取消农业税》的议案。

据了解，在2004年1月和2月，任玉奇奔波两万公里，自费近10万元，分别对湖南、福建等四省的乡、镇农村进行了广泛调研。

通过调研，他认识到农民特别渴望国家能出台政策，减轻农民负担。

取消农业税，是国家能够采取的最直接的一种减轻农民负担的措施。

任玉奇说，经过广泛和深入的调研，认为国家取消征收农业税是可行的，而且能给国家和农民自身带来切实好处。

在浙江宁波市，早已有对农民实行零税收的经验，而杭州市也已对部分城镇农民实行免征农业税，到明年将全部免征农业税，并对产粮农业区给予适当补贴。只有这样，农民才能真正得到实惠和自由权，农民的积极性才能充分调动起来，农村各项副业才能出现繁荣，全民奔小康的局面才能尽快实现。

听到要取消农业税的消息，社会各界大力称赞，农民奔走相告，各地政府积极响应。

# 中央发文促进农民增收

2004年2月8日,新华社全文播发了《中共中央、国务院关于促进农民增加收入若干政策的意见》,即中共中央"一号文件"。

"意见"指出:

全党必须从贯彻"三个代表"重要思想,实现好、维护好、发展好广大农民群众根本利益的高度,进一步增强做好农民增收工作的紧迫感和主动性。

"意见"共22条,分9部分,约9000字。包括:

集中力量支持粮食主产区发展粮食产业,促进种粮农民增加收入;继续推进农业结构调整,挖掘农业内部增收潜力;发展农村二、三产业,拓宽农民增收渠道;改善农民进城就业环境,增加外出务工收入;发挥市场机制作用,搞活农产品流通;加强农村基础设施建设,为农民增收创造条件;深化农村改革,为农民增收减负提供体制保障;继续做好扶贫开发工作,解决农村贫困人口和受灾群众的生产生活困难；加强党对促进农民增收工作的领导，确保各项增收政策落到实处。

"意见"指出：

　　2003年各地区各部门按照中央的要求，加大了解决"三农"问题的力度，抵御住了突如其来的非典疫情的严重冲击，克服了多种自然灾害频繁发生的严重影响，实现了农业结构稳步调整。农村经济稳步发展，农村改革稳步推进，农民收入稳步增加，农村社会继续保持稳定。同时，应当清醒地看到，当前农业和农村发展中还存在着许多矛盾和问题，突出的是农民增收困难。

"意见"强调：

　　农民收入长期上不去，不仅影响农民生活水平提高，而且影响粮食生产和农产品供给；不仅制约农村经济发展，而且制约整个国民经济增长；不仅关系农村社会进步，而且关系全面建设小康社会目标的实现；不仅是重大的经济问题，而且是重大的政治问题。

"意见"确定：

当前和今后一个时期做好农民增收工作的总体要求是：各级党委和政府要按照统筹城乡经济社会发展的要求，坚持"多予、少取、放活"的方针，调整农业结构，扩大农民就业，加快科技进步，深化农村改革，增加农业投入，强化对农业支持保护，力争实现农民收入较快增长，尽快扭转城乡居民收入差距不断扩大的趋势。

……

对亿万农民而言，"一号文件"是一份亲切的文件，它有着特殊意义。

1982年1月1日，党中央发出了第一个"一号文件"，肯定了"包产到户、包干到户"制，为"双包"制正了名，极大地调动了农民的积极性，开辟了农村经济体制改革的新局面。

此后，中央又连续发了4个"一号文件"：1983年，"一号文件"指出家庭联产承包责任制"是在党的领导下中国农民的伟大创造"；1984年，"一号文件"强调继续稳定和完善联产承包责任制，延长土地承包期，使农民吃上"长效定心丸"；1985年，"一号文件"取消30年来农副产品统购派购的制度，对粮、棉等少数重要产品采取国家计划合同收购的新政策；1986年，针对怀疑否定农村改革的种种倾向，"一号文件"肯定了必须贯彻执行农村改革的方针政策……

5个"一号文件"，反映了广大农民的愿望和心声，记载了中国农村改革的历史进程和前进步伐。几千年温饱不保的中国农民，在历史的瞬间，越过了贫困，从温饱逐步向小康迈进。

然而，在新的历史时期，"三农"问题再次面临一个新关口，与农村经济相伴随的是越来越突出的矛盾：农业发展缺乏动力，农村发展缺乏亮点，农民增收缺乏支撑。

自20世纪80年代中期农民收入增长放缓后，1997年以来，农民收入已连续7年低速增长，不及城镇居民收入增量的五分之一。粮食主产区和多数农户收入持续徘徊甚至减收，严重挫伤了农民种粮的积极性，影响粮食的供给，农民增收进入最严峻的时期。

农民增收困难，既是农业和农村经济结构性矛盾的现实反映，也是国民经济发展长期积累的深层次矛盾的集中体现。

2003年9月，主管农村工作的国务院副总理回良玉及有关部门经过深入调研，积极听取各方面意见，并在请示温家宝之后，提出要尽快制定一个促进农民增收的中央文件。

文件组总负责人由回良玉担任。起草班子分3个层次：一是领导班子，由各有关部门的部级领导同志组成，负责研究确定文件的重大问题；二是各有关部门的司局长，负责各部门之间的协调；三是工作班子。

在文件起草过程中，各种各样的协调不下二三十次。文件组各个层面都多次组织座谈会，仅回良玉亲自主持召开的就有3次：

第一次，请农业和农村方面的专家，听取他们的意见和建议；第二次，邀请德高望重、长期从事农业工作的老领导，包括部长、书记、省长，听取他们的意见；第三次，召开部分省、区、市主管农业的副书记、副省长座谈会。

文件起草班子也多次进行调研，召开部分省、区、市的农业部门负责人座谈会，听取他们的意见。

11月15日，文件初稿形成后，中央农村工作领导小组进行了认真讨论，提出意见修改后，上报国务院常务会议和中央政治局常委会讨论。

从9月30日文件组成立，到12月30日文件通过，"一号文件"的出台前后历时整整3个月。

中央财经领导小组办公室副主任陈锡文说："'一号文件'重点解决农民增收问题，给农民平等的权利，给农村优先的地位，给农业更多的反哺，充分体现了科学发展观指导下的新'重农'思想。"

中央党校"三农"问题研究中心秘书长曾业松说：

"'一号文件'把增加农民收入的政策作为年度第一个文件，字里行间，让人深深感受到党和政府视'三农'为重中之重的拳拳之心，也充分体现了'以人为本'的发展观。"

2004年，党中央、国务院为农民增收发出的这份被人们称为"高含金量"的"一号文件"，是在全面分析了农业新阶段的内涵和特征后，推动现代农业加快发展、实现历史性跨越的又一次政策创新。这是党中央、国务院送给9亿农民的一份温暖而厚重的新年大礼。

# 中央公布农业税优惠政策

2004年3月中旬，为进一步促进农民增收，财政部、国家发改委、国家税务总局，依据党中央、国务院发出的"一号文件"，即《中共中央、国务院关于促进农民增加收入若干政策的意见》，相应出台了涉及农村税费的新优惠政策。

在农村税费改革的政策方面规定，按照中央"一号文件"精神，2004年，我国农业税税率总体上降低一个百分点，同时取消了除烟叶外的农业特产税。有条件的地方，可以进一步降低农业税税率或免征农业税。

财政部、国家发改委公布了取消、免收和降低标准的全国性及中央部门涉农收费项目。其中，取消的涉农收费有3项：国内植物检疫费中的检疫证书费，畜禽及畜禽产品防疫检疫费中的兽医卫生条件考核、发证和定期技术监测收费，户籍管理证件工本费中的寄住证工本费。

对农民免收的收费有8项：水土流失防治费，河道工程修建维护管理费，取水许可证费，涉及农村中农民生活用水和农业生产用水的水资源费，建设用地批准书工本费，对从事营业性运输的农用三轮车、农用拖拉机收取的公路运输管理费，对自产自销农副产品的农民收取的城乡集贸市场管理费，农村义务教育借读费。

降低标准的涉农收费有4项：畜禽及畜禽产品检疫费，农机监理费，渔业船舶检验费，海事调解费。

在"十五"期间，除法律、行政法规明确规定外，原则上不再审批出台新的涉及农民负担的行政事业性收费项目。

国家税务总局公布了5项涉农税收优惠政策：

一是农民从事种植业、养殖业、饲养业、捕捞业的所得，已缴纳农业税、牧业税的，不缴纳个人所得税；

二是取消农业特产税、减征或免征农业税或牧业税后，农民取得的农业特产所得和从事种植业、养殖业、饲养业、捕捞业的所得，仍暂不缴纳个人所得税；

三是取消农业特产税，减征、免征农业税或牧业税后，农民销售自产农产品的所得，仍暂不缴纳个人所得税；

四是农民销售水产品、畜牧产品、蔬菜、果品、粮食和其他农产品，月销售额不到5000元或每日销售额不到200元的，不缴纳增值税。如果农民在销售上述农产品的同时还销售其他非农产品，其中农产品销售额占整个销售额一半以上的，月销售额不到5000元或每日销售额不到200元的，也不缴纳增值税；

五是无固定生产经营场所的流动性农村小商小贩，不必办理税务登记。

国家税务总局要求各级税务机关严格执行上述政策，

对进入各类市场销售自产农产品的农民的所得不征个人所得税。

同时强调，凡税务机关没有证据证明销售者不是"农民"和不是销售"自产农产品"的，就应按"农民销售自产农产品"的政策执行。要按规定将个体工商户和个人销售农产品的起征点迅速调整到位，销售额未达到起征点的，应一律免征增值税，不得以任何理由采取变通政策。

农业部有关负责人说："降低农业税税率、取消农业特产税的政策的目的：一是为了巩固税费改革成果，减轻农民特别是种粮农民的负担，增加种粮农民收入，调动种粮农民积极性；二是为5年取消农业税打下基础，最终实现城乡统一的税制。"

税费改革后农业正税税率为7%，加上20%的附加即1.4%，合计是8.4%。在2004年，国家又加大降低农业税税率力度，为实现5年取消农业税打下了坚实的基础。

# 中央进行免除农业税试点

2004年4月,为进一步减轻农民负担,鼓励种粮农民积极性,保障粮食安全,经国务院批准,财政部等部委联合发出通知,决定在2004年降低农业税税率,并在部分粮食主产区进行免征农业税改革试点。

4月14日,财政部、农业部、国家税务总局三部门联合下发《关于2004年降低农业税税率和在部分粮食主产区进行免征农业税改革试点有关问题的通知》。

在"通知"中,明确指出:

2004年,在吉林、黑龙江两个粮食主产省先行免征农业税改革试点。

河北、内蒙古、辽宁、江苏、安徽、江西、山东、河南、湖北、湖南、四川11个粮食主产省、自治区降低农业税税率三个百分点,并主要用于鼓励粮食生产。

其余地区总体上降低农业税税率一个百分点。

沿海及其他有条件的地区也可视地方财力情况进行免征农业税试点。征收牧业税的地区,要按照农业税税率降低的幅度,将负担水平降下来。

免征农业税改革试点和降低农、牧业税税率减少的地方财政收入，再由中央财政给予补助。

"通知"要求：

各地要确保转移支付资金及时到位，专款专用，严禁截留挪用。

各级农业税征收机关要认真做好免征农业税改革试点或降低农业税税率的相关基础工作。

将降低农业税税率后的农业税及其附加征收任务落实到户，以村、组为单位张榜公示，公示时间不得少于10天。在得到农民认可后，再将农业税纳税通知书下达到农户。

同时，财政部公布消息说，征收牧业税的地区，要按照农业税税率降低的幅度，将负担水平降下来，免征农业税改革试点和降低农、牧业税税率减少的地方财政收入，由中央财政给予适当补助。

2004年，牧业税和除烟叶外的农业特产税全部取消。

当年，国务院决定在黑龙江、吉林两省进行全部免征农业税改革试点，11个粮食主产省农业税税率降低三个百分点，其他省份降低一个百分点。

至 2004 年 9 月，减免农业税政策基本落实到位。

黑龙江省免征农业税减轻农民负担 28.2 亿元，人均减负 142 元；吉林省减轻农民负担 5 亿多元，降幅达 28.6%，实现了村村减负，户户受益。

在中央政策之外，各省自筹资金，加大减免农业税政策力度。2004 年，全国农民税收负担平均减轻 30%，农业税在全国财政收入中的比重已经不足 1%。

# 四、促进农民增收

- 2004年3月19日,农业部宣布:"国家今年加大投入力度,将良种补贴作物范围扩大到大豆、小麦、玉米、水稻四大粮食作物,并已确定了良种补贴的有关政策。"

- 2004年3月29日,农业部部长杜青林说:"中央决定,今年在粮食主产区启动优质粮食产业工程。"

- 2005年6月4日,温家宝从北京径直来到河北省藁城市,到田间地头了解夏收和农村税费改革等情况。

# 国务院部署农民增收措施

2004年3月23日，国务院召开了全国农业和粮食工作会议。

国务院要求各部门尽快把已确定的支持粮食生产的各项政策措施落到实处。

中央已决定在2005年对种粮农民实行直接补贴，有关部门要尽快公布具体实施方案和配套政策，各地要尽可能在春播之前兑现部分补贴资金，全部补贴资金要在上半年基本兑现到农户。

要尽快公布对购置和更新大型农机具给予补贴的具体办法。金融机构要加强和改进对种粮农户和主产区的金融服务，落实扩大农户小额贷款等支持农业生产措施。

国务院要求各地，要严格保护耕地，努力增加耕地面积，提高耕地质量。要严格执行《基本农田保护条例》，认真贯彻《国务院关于坚决制止占用基本农田进行植树等行为的紧急通知》精神，落实最严格的耕地保护制度，确保基本农田保护区落实到村组、农户和地块。

严肃清理整顿各类开发区，坚持纠正违规擅自设立开发区和扩大开发区面积的现象，对清理出的开发区具备耕种条件的，今年一定要种上庄稼。坚决制止占用基本农田植树。开展基本农田保护检查，严肃查处违法占用和破坏基本农田的行为。

要加强土地整理，合理开发土地，确保耕地占补平衡。现有农业固定资产投资、农业综合开发资金和土地复垦基金等相对集中使用，向粮食主产区倾斜。

要继续增加农业综合开发资金，新增的部分主要用于粮食主产区，加大中低产田改造力度。抓紧落实确定一定比例国有土地出让金用于支持农业土地开发的政策。

国务院还要求，各地要加大粮食主产区减免农业税的力度。为了调动粮食主产区农民生产积极性，2005年在黑龙江、吉林两省先行免征农业税改革试点；河北、内蒙古、辽宁、江苏、安徽、江西、山东、河南、湖北、湖南、四川等11个粮食主产省、区降低农业税税率三个百分点，并主要用于鼓励粮食生产；其他地区降低农业税税率一个百分点。沿海及其他有条件的地区也可以进行免征农业税试点。

国务院要求，要扩大良种补贴试点范围和规模。今年在继续实行大豆、小麦良种补贴试点基础上，把良种补贴试点范围扩大到水稻。黑龙江、吉林、辽宁等省农民种植水稻每亩补贴15元；湖南、湖北、江西、安徽等省农民种植早稻每亩补贴10元，种植粳稻、中籼稻每亩补贴15元，对晚籼稻的补贴另行公布。

种植品种的选择要尊重农民意愿。江苏、浙江、福建、广东等传统水稻产区，也要在地方财政中安排专项资金用于水稻良种补贴。各地要加强对良种补贴资金的管理，严格控制种子价格，确保补贴资金按时发放到农民手中。

国务院要求，要稳定农业生产资料价格。认真落实国家对化肥生产的扶持政策，加强对化肥出厂价和流通环节进销差率、批零差率的监督管理，严格控制流通环节的加价幅度，降低化肥最终零售价格，真正让利给农民。加强市场监管，严厉打击制售假冒伪劣农业生产资料的行为，切实保护农民利益。

国务院要求，对重点粮食品种实行最低收购价格制度。从今年新粮上市起，进一步放开粮食收购价格，由取得经营资格的企业随行就市收购。在早籼稻市场价格低于每公斤1.4元时，由国家指定的粮食企业按每公斤1.4元敞开收购；市场价格高于上述价格时，按实际市场价格收购。对中籼稻、中晚稻和粳稻及今年秋季播种的冬小麦，另行发布最低收购价格。

国务院要求，要推广先进适用技术。大力推广优质、高产粮食品种，进一步提高统一供种率和良种覆盖率。加快推广精量半精量播种、玉米地膜覆盖、水稻旱育稀植，以及旱作节水、化肥深施等技术的应用，搞好先进实用技术的组合配套，提高技术普及率和到户率。组织农业技术人员深入农村第一线，开展技术指导和培训，帮助农民解决生产中的技术难题。

国务院要求，要抓好春耕和田间管理。各级政府要做好服务工作，帮助农民抓好冬小麦等越冬作物的田间管理，争取今年夏粮有个好收成。加强春耕备耕工作，改革农作物耕作制度，扩大东北春播玉米、南方优质双季水稻种植面积。要坚决消灭撂荒地。农村信用社要组织好贷款供应，保护春耕生产的需要。加强病虫害防治工作，努力减轻灾害损失。

国务院要求，要启动优质粮食产业工程。选择一部分有基础、有潜力的粮食大县和国有农场，集中力量建设一批国家优质专用粮食基地。抓紧修订工程规划，制订优质粮食产业工程建设的具体方案，抓紧良种繁育、基本农田建设、病虫害防治、农机装备现代化推进和粮食加工转化等项目的前期工作，并尽快组织实施。

这次会议，为贯彻落实中央"一号文件"和十届人大二次会议通过的政府工作报告精神，促进粮食增产、农民增收，国务院决定采取更直接、更有力、更果断的措施，进一步调动农民的积极性，大力发展粮食生产，努力增加农民收入，为国民经济平稳较快发展打下了坚实的基础。

# 财政部启动直接补贴政策

2004年3月19日，农业部宣布：

国家今年加大投入力度，将良种补贴作物范围扩大到大豆、小麦、玉米、水稻四大粮食作物，并已确定了良种补贴的有关政策。

制定良种补贴政策的目的，一是为了推广良种，增加单产，增加粮食产量，促进优质高效农业发展；二是为了改善粮食品质，提高粮食质量，增强市场竞争能力；三是满足国内对优质粮食品种的需要。

农业部介绍了这项政策的具体内容：

补贴标准：高油大豆、优质专用小麦、专用玉米每亩补贴10元；黑龙江、吉林、辽宁省农民种植水稻每亩补贴15元；湖南、湖北、江西、安徽省农民种植早稻每亩补贴10元，种植粳稻、中籼稻每亩补贴15元，对晚籼稻的补贴另行研究确定。种植品种的选择要尊重农民意愿。江苏、浙江、福建、广东等传统水稻产区，也要在地方财政中安排专项资金用于水稻良种补贴。

补贴范围：2004年农作物良种推广补贴项目集中安排在河北、内蒙古、辽宁、吉林、黑龙江、江苏、安徽、江西、山东、河南、湖北、湖南、四川等 13 个粮食主产省区，其中优质专用小麦、高油大豆、专用玉米补贴面积各 1000 万亩。优质水稻补贴范围是黑龙江、吉林、辽宁、湖南、湖北、江西、安徽七省。

补贴方式：种子补贴可通过供种单位补贴，即以体现补贴后的优惠价格将良种直销给农户，也可直补到农户。

农业部要求各地在项目资金使用时，必须遵循政策公开、农民受益、合同管理、专款专用的原则。在选择供种单位时，采取政府公开招标方式，确定供种单位。任何单位和个人不得挤占、截留或挪用项目资金，一经发现将从严处理。各地要加强对良种补贴资金的管理，严格管理供种价格，确保补贴政策落实到位。

4 月 10 日下午，黑龙江省鸡东县古山子村村委会前热闹非凡，村民们在这里排起长队兴高采烈地领取粮食种植补贴金，因为他们幸运地成为全省第一批领到粮食直补金的农民。

领到了 287.2 元补贴的村民李树海说："我们打心里感谢中央的政策，一定给国家多种粮，种好粮。"

李树海家里一共种了 32 亩地，其中水田 12 亩，旱田 20 亩。他说："今年取消了农业税，加上补贴的钱，种植这些地相当于增加收入 1000 多元。如果不出现大的意外，今年的纯收入至少在一万元以上。"

有"国家粮仓"之称的黑龙江省今年改革粮食补贴

方式，拿出18.52亿元对全省农民进行直接补贴。据测算，仅此一项全省农民就人均增收约80元。据黑龙江省财政厅经贸处处长臧国忠介绍，目前，省财政的补贴资金已经全部筹措到位，正在陆续下拨，鸡东县是全省最早发放直补金的地区。

臧国忠说：

> 粮食直补政策极大地刺激了农民的生产积极性。直补金的及时发放，不仅解决了农民们的一部分春耕生产所需资金，帮助他们高质量地完成春播任务，更重要的是体现了落实中央"一号文件"的坚决性，让百姓真正得到了实惠。

在河南省，从2004年起，河南省政府决定从粮食风险基金总规模中安排40%直接补给农民，在全省范围内全面推行对种粮农民直接补贴政策。

湖北省则提出，2004年粮食播种面积要恢复发展到5500万亩、总产量力争达到205亿公斤；拿出5亿元直接补贴种粮农民；确保农民人均纯收入增加100元；并对农民推出了"十大承诺"。

2004年3月底，在全国农村春耕时节，国家正式启动对农民购买农机的补贴。

中央财政安排了4000万元资金，在16个省区市的

66个县实施农机购置补贴项目。

　　补贴的农机具是小麦、水稻、玉米、大豆四大粮食作物所需"六机",即拖拉机、深松机、免耕精量播种机、水稻插秧机、收获机、秸秆综合利用机械。

　　同时,为支持农民春耕备耕,中央财政又向湖南、湖北、江西、安徽、黑龙江、吉林、辽宁七省预拨了南方早稻和东北粳稻良种补贴资金9.4亿元。

　　中央财政要求各省按照"政策公开、直补到户、据实结算"的原则,根据水稻播种面积和补贴标准,将补贴资金及时发放到种植水稻的农民手中。

# 农业部启动优质粮食工程

2004年3月29日,农业部部长杜青林说:"中央决定,今年在粮食主产区启动优质粮食产业工程。"

杜青林说:"农业部将再派出督察指导组,到了粮食主产区宣讲中央发展粮食生产的政策措施。目前,农业部已制订出了主要粮食作物良种推广和农机购置补贴政策的具体实施方案,水稻、小麦、玉米、大豆四大作物的良种补贴方案已发送粮食主产省。中央决定,今年在粮食主产区启动优质粮食产业工程。"

杜青林还说:"经国务院领导同意,农业部与国土资源部正在全国开展基本农田大检查,重点是遏制违规占用耕地,依法查清问题,制止在基本农田中种树的行为。"

为了确保恢复和扩大粮食种植面积,农业部已将今年粮食生产的指导性计划分解到各地。

这时,正值农民群众购买农资的高峰期,为了加强农资市场监管,农业部已制订了种子、化肥、农药等农资市场专项整治方案,并会同有关部门组织实施。

各级农业部门也与有关部门一道,大力开展以捣毁制假售假窝点和市场整顿为重点的专项治理活动,对种子和农药市场、集散地要迅速开展拉网式检查。

杜青林说："农业部已经派出了20个夏粮专家指导组，深入主产区开展巡回指导和技术培训，切实提高优良品种和实用技术的入户率，努力把灾害对粮食生产的影响降低到最低水平。"

2004年，为了进一步促进农民增收，黑龙江省将抓住国家实施优质粮食产业工程的机遇，按照"优化结构、主攻单产、改善品质、降低成本、提高效益、转化增值"的思路，把粮食生产、加工、转化、流通作为一个完整的产业体系进行系列开发，努力提高粮食产业的综合效益。

在2004年，黑龙江省将重点推广玉米通透栽培、水稻钵育超稀植栽培、大豆深窄密栽培和小麦节本优质高效栽培四大模式。重点发展高油高蛋白大豆、优质水稻、强筋小麦和高淀粉玉米等优质品种，使全省四大粮食作物85%以上种植面积实现专品种生产。同时，在关键生产环节上加快实现标准化，大力提高中低产田的产出水平。

2004年，农业部还投入中央财政资金3000万元，在北方旱区的粮食主产区新建34个保护性耕作示范县，使国家级示范县总数达到94个，示范推广总面积将达到370多万亩。

农业部农业机械化管理司司长王智才说："农业部自2002年启动保护性耕作示范推广项目以来，相继在北京、河北、内蒙古、辽宁、河南、宁夏、新疆等北方13个省、自治区、直辖市建设了60个示范县。中央财政投入资金5000万元，各地累计配套资金2668万元，投入免耕播种机具7700台套，其他保护性耕作配套机具6116台套，示范面积近200万亩，项目实现增收2658万多元，节本1522万多元。"

保护性耕作大幅度降低作业强度，有利于促进农民增收。据中国农业大学保护性耕作研究中心去年对10个示范县的保护性耕作实施效果监测数据显示，保护性耕作能使玉米增产4.1%，小麦增产7.3%，小杂粮增产11.2%，大豆增产32%，节本增收总效益在一年一熟地区为每亩15元以上，一年两熟地区达每亩63元以上，同时，可减少农田扬尘50%以上。

王智才说，从区域上看，我国粮食主产区大部分集中在北方旱区，但这些地区干旱缺水严重，土壤风蚀、水蚀加剧，耕地质量下降问题突出。在这些地区加快推进保护性耕作，保土保墒，培肥地力，减少水土流失，能切实增强旱区节水抗旱能力，保护和提高粮食生产能力，恢复和发展粮食生产。今年农业部将抓紧落实保护性耕作春播任务，启动保护性耕作技术创新行动计划，在黄土高原一年一熟、东北冷凉风沙、农牧交错、华北两茬平作、西北风沙源头等五大类型区，以示范县为依托，建立7个技术创新试验区。

保护性耕作被称为"一场农业耕作制度的革命"，是一项对农田实行免耕少耕，并用农作物秸秆残茬覆盖地表的一项先进农业耕作技术。目前主要应用于干旱、半干旱地区农作物生产及牧草的种植，具有减少土壤风蚀、水蚀，培肥地力，抑制农田扬尘，降低农业生产成本，增加农民收入等功效。

2004年，是全面落实中央"一号文件"的一年，也是实现全年粮食生产4550亿公斤的一年。

随着国民经济的快速发展，2004年，农业税在中国财政收入中的比重逐步变小，已降至不到1%。而且"两减免、三补贴"等政策，促进了城乡发展，标志着中国经济结构正在经历一种新的变革，标志着中国总体上已经到了以工促农、以城带乡的发展阶段。

## 中央推出加强农业的政策

2005年1月30日,《中共中央、国务院关于进一步加强农村工作提高农业综合生产能力若干政策的意见》作为2005年中央"一号文件"公布了。

在我国总体上已进入了以工促农、以城带乡发展阶段的大背景下,中央"一号文件"着力于努力实现粮食稳定增产、农民持续增收,直接带有资金支持的政策占到相当大的比例。

进入2005年,从中央到地方,各级政府都加大对农村的投资力度。

在2005年中央"一号文件"中,一个突出特点就是国家财政开始越来越多地向农村倾斜,农民享受公共服务的状况有了积极变化。在继续坚持"减法"、"少取"的基础上,今年"加法"、"多予"的政策更多。

2005年,继续对种粮农民实行直接补贴,有条件的地方将进一步加大补贴力度。中央财政继续增加良种补贴和农机具购置补贴资金。

中央和地方财政将较大幅度增加农业综合开发投入,新增资金主要安排建设高标准基本农田。

2005年,国家科技投入将不断提高用于农业科研的比重,有关重大科技项目和攻关计划要较大幅度增加农业科研投资的规模。

2005年，加大农村基础设施建设，新增财政收入中设立小型农田水利设施建设补助专项资金；加大政策性金融支农力度，增加支持农业和农村发展的中长期贷款。

2005年，各级财政大幅度增加对农民职业技能培训投入。新增教育、卫生、文化、计划生育等事业经费用于县以下的比例不低于70%。

这一切说明，在2005年，中央正加大力度调整国民收入分配格局，切实转变财政分配、资源配置向城市倾斜的政策，在稳定现有各项农业投入的基础上，新增的财政支出和固定资产投资向"三农"倾斜，逐步建立稳定的农业投入增长机制。

为了让中国农民"减负"前行，继2004年之后，2005年中央又一次把支持"三农"作为"一号文件"的主题，反映出了我国在发展战略及政策思路方面的重大变化，即从在农业中提取积累转向工业反哺农业。

2005年，中央"一号文件"强调坚持统筹城乡发展的方略，这表明解决我国"三农"问题的大环境正在发生着三个深刻变化。

中国农业和农村经济发展的重大战略机遇期到来。中国已经初步具备了工业反哺农业、城市支持农村的经济实力，将更加自觉地调整国民收入分配格局，更加积极地支持"三农"发展。

中国将在规划制订、体制改革、工作部署等方面进行必要的调整，把农村的发展全面纳入整个国家现代化进程。将科学规划经济社会发展，把农业和农村经济放在整个国民经济发展中统筹部署，把农村社会事业放在全面建设小康社会进程中统筹安排，把农民增收放在全国人民共同富裕中统筹考虑。

中国将努力消除妨碍城乡协调发展的体制性障碍，下大力气建立资源在城乡之间合理配置的市场体系，下大力气建立城乡社会事业和基础设施共同发展的运行机制，下大力气建立城乡经济社会相互促进、良性互动的有效体制。

2005年的中央"一号文件"说明，中国的发展理念、发展战略和发展格局正在实现重要转变，也要求对体制机制、政策措施和工作布局进行重大调整。中央今后将坚持把有利于缩小城乡差距、增强农业、富裕农民、繁荣农村作为制定经济社会政策的重要原则。

中央"一号文件"下达后，在农业部机关大楼，各司局正紧锣密鼓地谋划着全年农业工作。农业部今年要为农民办15件实事，从培育10万农业科技示范户，到推广50项优质高产的品种，从培训250万农民工，到建设农业110综合信息服务中心。这些都是涉及城乡统筹发展的实事。

如何促进粮食增产、农民增收，不仅是农业部门的头等大事，也是各部委正密切关注、统筹考虑的一项重要工作。从财政部到国家税务总局，从国土资源部到劳动和社会保障部，从铁道部到建设部，都把统筹城乡发展确定为2005年工作的重点之一。发展改革委为此进行了全面部署，精心准备，周密安排。

中央"一号文件"下达后，各地各部门正在积极践行中央"一号文件"。从减轻农民负担，到增加各项农业投入；从掀起清欠风暴，到推进征地制度、户籍制度改革；从支持农村经济发展，到加快农村教育、卫生、文化等社会事业发展……各项农村改革彰显了党中央、国务院统筹城乡经济社会协调发展的决心和信心。

在积极落实中央"一号文件"过程中，免征农业税的省、自治区、直辖市已经超过20个。人们预期，温家宝一年前承诺的5年内取消农业税的目标可望提前两三年实现。

吉林、湖北、湖南、山东……一个个农业大省紧紧围绕提高农业综合生产能力，制订了一揽子以工促农、以城带乡的计划。

在2005年，农业依然是全年经济工作好戏连台，精彩纷呈。

## 温家宝考察农村税费改革情况

2005年6月4日,初夏,华北平原迎来了收获的季节,成片的麦田穗粒饱满,丰收在望。

一大早,温家宝从北京径直来到河北省藁城市,到田间地头了解夏收和农村税费改革等情况。

上午9时,温家宝来到系井村。他下车走进麦田,与正在干活的农民郑产子亲切地交谈起来。

"你看今年小麦收成如何?"

"只要这10来天没有热干风和灾害,每亩打个1000多斤没啥问题。"

"这几天市场上小麦卖到多少钱?"

"优质麦每斤八毛五六左右。"

"粮价总体还会稳定。在农民卖粮时,政府会进行调控,国家粮库的粮食不急于出售,把市场让给农民。"

"太好了。国家为农民想得越来越周到了。拿种粮来说,过去每亩要交税110元,税费减免后只交60多元。每亩还有14元种粮补贴和10元良种补贴,买拖拉机也有补贴,现在种粮合算了。"

随同温家宝考察的农业部部长杜青林插话:"农民种粮心气高了,今年小麦播种面积增加了1500万亩。"

温家宝接着又问道:"给庄稼浇水一亩地要多少钱?"

"七八块钱。"

"灌溉时还要注意节水。你们这一带缺水,井越打越深,水越用越少,要注意推广节水灌溉。既节约水资源,又可以少花钱。"

站在温家宝旁边的国家发展和改革委员会主任马凯说:"还要提高肥效。现在化肥只有40%的利用率,我们正在想办法帮助农民降低种植成本。"

财政部部长金人庆接过了话头:"今年国家将拿出两亿元搞测土和配方配肥,帮助农民科学施肥。"

郑产子一听咧嘴笑了:"国家为农民种粮真使上劲儿了。"

下午15时,温家宝驱车走进九门村。这个村有6600多人,农民主要从事种植业、养殖业,人均收入达到4000多元。

几位农民看到温家宝来了,跑过来和温家宝握手,随后就你一言我一语地说开了:"免了农业税大伙心里踏实了,搞副业的积极性也高了。"

"我们村有500多辆车在跑运输,日子越过越好。"

看到农民们的笑脸,听着农民们兴奋的介绍,温家宝高兴地说:"我算了一下,现在农民种小麦的净收益每亩可达到500元左右。收入高了,心情舒畅了,就会集中精力搞生产。"

"总理说得对。我们把减免税省下来的钱投入到养殖业上去,收入连年往上翻。"

九门村居住着回汉两族群众。温家宝问民族关系怎么样。村民们说，我们相处得很好。离开村子时，温家宝一边和围拢过来的村民一一握手，一边叮嘱："村里的卫生状况还不太好。大家要动起手来，打扫一下卫生，栽一点树。村里的环境好了，住起来也会舒畅一点。"

温家宝心中一直牵挂着农民的看病问题，每到一个村子，他都要详细询问村民的看病、费用情况。在顺中村，他与正在择韭菜的村民李傻小聊起来。

"看病难不难？"

"不算难，村里有3家卫生所，头疼脑热可以看。但生大病就要上县医院。"

在正定县蟠桃村卫生所，温家宝仔细地翻看就诊记录，向所长刘建敏详细询问了医务人员数量、药价、医疗器械配备、经营体制等情况。刘建敏说："卫生所一般只有治疗小病的药，从县医药公司批发的，老百姓还能负担得起。但上大医院看病住院太贵，老百姓犯难。"

"一路上都有农民反映你说的这个情况。我们正在推进农村合作医疗试点，同时还要改善乡、镇卫生院的医疗条件。"温家宝随后又到三里屯卫生院了解医疗服务和管理情况。

天色已近傍晚，温家宝又临时停车，走进东上泽村一个农家小院，招呼村民们坐在一起。

"这两年我们办了几件事，农民乐了。一是推行税费改革；二是对粮食生产进行直接补贴；三是改革粮食流通体制。这两年粮价高了，农民种粮能增收。一亩地种两季收益可达到 800 元至 1000 元。在这个基础上要增收，就得发展养殖业，发展农副产品加工业，组织劳务输出。"

"是的。把家里的地种踏实后，我们村不少人又到外地搞建筑，收入又增加了一块。"

"从我一路了解的情况看，现在农民还有几件难事：一是水的问题，要保证农民生产生活的长期用水需要。二是农民的看病问题，关键是太贵，最怕住院。三是孩子上学问题。四是建设新农村，改变一些地方村容村貌差的状况。"

听着温家宝真诚的话语，农民们激动得鼓起掌来。

5 日上午，温家宝又察看了新乐市国家粮食储备库，考察了南双井村、小流村、邯邰村的夏粮生产情况，看望了农户，鼓励农民多种粮、种好粮。

考察期间，温家宝还主持召开了乡村干部座谈会，详细询问了乡村债务、机构精简、合作医疗、义务教育等情况，和基层干部共同探讨解决这些问题的办法。温家宝最后强调：

"三夏"来临，各级干部要转变作风，深入农业生产第一线，全力做好夏收工作，搞好服务，夺取夏粮丰收。

在6月6日至7日，全国农村税费改革试点工作会议在北京召开。温家宝在会上发表了讲话，他强调，农村税费改革将进入新的阶段，巩固农村税费改革成果，积极稳妥推进以乡镇机构、农村义务教育和县乡财政体制为主要内容的综合改革试点。各级领导要充分认识这场改革的艰巨性、复杂性和长期性，统一思想，把握形势，认清肩负的历史使命，组织领导好这场改革。

温家宝强调，减轻农民负担的工作不能放松。必须继续严格制止各种加重农民负担的错误做法。要严格执行减轻农民负担的"四项制度"。

一是涉农税收、价格和收费的"公示制"；二是农村义务教育收费的"一费制"；三是对农村公费订阅报刊费用的"限额制"；四是对涉及加重农民负担案件的"责任追究制"。必须继续抓好落实和督促检查。

温家宝还就当前宏观经济形势和经济工作的几个重大问题发表了意见。

会议总结了几年来农村税费改革试点工作取得的成绩和经验，分析了当前农村税费改革试点面临的新形势和新任务，重点部署了2005年减免农业税和下一阶段以税费改革为主要内容的农村综合改革等各项工作。

这次会议，对进一步统一思想、提高认识，全面推进深化农村税费改革试点工作，促进农村经济社会发展，产生了重大而深远的影响。

2005年11月21日至12月5日，为贯彻落实全国农村税费改革试点工作会议精神，国务院农村税费改革工作小组办公室组织6个检查组，分赴12个省开展专项检查。检查内容包括：

政策落实、组织保障、综合改革、乡村债务、转移支付、农民负担、粮食补贴、农村投入、涉农收费等10多个方面。

国务院农村税费改革工作小组办公室，对河北、安徽等12个省2005年深化农村税费改革试点情况专项检查结果显示，各地减免农业税等政策落实到位。

这次检查共抽查了24个县市、48个乡镇、90个村、440多个农户和部分农村中小学校。据统计，这12个省2005年共减免农业税超过135亿元，已经确定317个县、市、区为农村综合改革试点单位。

各省2005年的财政"三农"支出都大幅度增加，增长幅度大都超过10%。各地在乡镇机构改革、职能转变、农村义务教育改革、县乡财政管理体制改革等方面，也探索了一些好的做法和经验。

同时，各地积极调整财政支出结构，加大对"三农"的投入，农村呈现出农民减负增收、农业生产发展、农村社会稳定的喜人局面。

这次检查设计的农户调查问卷，内容包括农户基本情况、减免农业税政策落实情况、农民负担监督管理、农村"一事一议"开展情况、家庭收入、最盼望解决的问题、希望乡村干部为农民做点什么等方面。从 440 份农户调查问卷统计结果看，100% 的被调查农户了解今年的减免农业税政策，被调查的种粮农民都领到了粮食补贴，农民从内心里拥护农村税费改革，并希望中央的惠农政策保持稳定。

90 个村中有 21 个开展了"一事一议"，解决了一些群众生产生活中的难题。搞好农村基础设施、带领群众致富，成为农民最希望乡村干部办的实事。

# 五、全面取消农业税

- "赞成162票,弃权1票,反对0票。通过!"全国人大常委会委员长吴邦国宣布,关于废止《中华人民共和国农业税条例》的决定获得通过。

- 山东农民石运好从集上采购年货回家,他笑眯眯地拿出刚买的春联表达自己的喜悦心情:"农业免税降雨露,富民政策暖民心。"

- 2006年2月22日,为纪念废止农业税,国家邮政局发行了《全面取消农业税》纪念邮票一套一枚。

## 人大表决通过废止农业税议案

2005年12月29日下午15时4分,在人民大会堂,出席十届全国人大常委会第十九次会议的全国人大常委会组成人员,郑重地按下了自己桌上的表决器。

赞成162票,弃权1票,反对0票。
通过!

全国人大常委会委员长吴邦国宣布,关于废止《中华人民共和国农业税条例》的决定获得通过。

在这次会议上,中国最高立法机关审议全国人大财政经济委员会提出的一项重要议案,并以高票通过一个决定:

第一届全国人民代表大会常务委员会第九十六次会议于1958年6月3日通过的《中华人民共和国农业税条例》自2006年1月1日起废止。

这是一个牵动亿万人心弦的时刻,新中国实施了近50年的农业税条例被依法废止,成为历史档案。

这意味着9亿中国农民从2006年1月1日开始,将依法彻底告别延续了 2600 年的"皇粮国税"农业税。

公元前 594 年鲁宣公开始征收的初税亩，是中国历史上记载最早的农业税，也是中国最早的税种。到 2006 年彻底废止农业税，整整是 2600 年。在 2600 年间，农业在中国始终占主体经济地位，农业税是国库的最主要来源。

新中国成立后，在 1958 年 6 月 3 日，第一届全国人民代表大会常务委员会第九十六次会议通过《中华人民共和国农业税条例》。我国政府依照有关规定，在广大农村地区征收农业税。

农业税条例的施行，在贯彻国家的农村政策，正确处理国家与农民的分配关系，发展农业生产，保证国家掌握必要的粮源，保证基层政权运转等方面，发挥了重要的积极作用。

在这次会议上，全国人大财经委副主任委员刘积斌做关于废止农业税条例议案的说明时指出：

这一条例施行以来，对于正确处理国家与农民的分配关系、发展农业生产、保证国家掌握必要的粮源，以及保证基层政权运转等方面发挥了重要的积极作用。

但是，农业税条例实施已近 50 年，我国经济社会状况已经发生了重大变化。在建立起比较完整的工业体系的同时，农业与工业、农村与城市差距逐步扩大、"三农"问题严重制约着我国经济和社会的发展。

为推进以工补农、以城带乡，适时调整国民收入分配格局，取消农业税是必要的。废止农业税条例也会为实行城乡统一税制创造条件。我国目前已经具备了取消农业税的良好基础。

2005年12月29日,中国最高立法机关全国人大常务委员会表决通过取消农业税的决定,将免征农业税的惠农政策上升为国家法律。

全国人大农业与农村委员会副主任委员万宝瑞说:"对于加入世贸组织后的中国农业的竞争力而言,按照13亿亩耕地计算,取消农业税意味着每亩减少农产品生产成本38元,按照粮食生产来说,每亩减少成本10%至20%,因此对提高农业竞争力也将发挥重要作用。"

全国人大代表、安徽宣城市委书记方宁说:与以往的改革相比,我们取消农业税的改革有三大不同。

首先是社会经济条件不同。历史上的税改,农业税是国家财政的支柱,而今天我国进入工业化中期,农业税在财政收入中所占比例已经很小。

第二是改革的指向不同。历史上税改的基本指向是:公平税赋,不让大户、地主逃税。今天我们是要彻底免除农业税。

第三是改革的目的不同。历史上的税改是为了保证可靠的税收来源。而今天,我们是为了让农民休养生息,激发农村经济的活力。

废止农业税,是中国农村面貌即将迎来新一轮巨变的标志性事件,这也是中国农民命运开始发生重大变化的标志性事件。

# 财政部部长答记者问

2005年12月30日，在十届全国人大常委会第十九次会议通过了废止农业税条例的决定草案后，针对取消农业税的有关问题，新华社记者采访了财政部部长金人庆。

问：金部长，农业税乃"皇粮国税，天经地义"，本届政府为什么要下决心予以取消？

答：农业税作为一种在农村征收、来源于农业并由农民直接承担的赋税，已在中国存续了2600年之久，期间共经历了5次大的调整和变化。总的看来，历史上农业税制变化的趋势是由繁到简，但无论形式多变、名称多变，却未改变农业税作为国家主要税种和收入来源的地位与作用。"皇粮国税"一直是农民天经地义必须缴纳的。新中国成立后，为保证国家政权稳定和推进工业化建设，农业税也在相当时期内，一直是国家财政的重要来源。

新时期新阶段，党中央、国务院总揽全局，审时度势，果断作出了全面取消农业税的重大决策。这一德政之举，充分体现了以胡锦涛为总书记的新一届中央领导集体对广大农民的关爱、对农村繁荣的关心、对农业发展的关注。党中央、国务院之所以下大决心取消农业税，我的理解是确有这个必要，而且也具备承受的能力。

有必要，就是说全面建设小康社会和构建社会主义和谐社会，难点和重点都在"三农"。当前农业和农村发展还处在艰难的爬坡阶段，农村基础设施薄弱、公共服务不足、农民收入增长困难问题还很突出，农业、农村仍然是我国经济社会发展中最薄弱的环节。温家宝曾引用唐代诗人白居易的诗句"心中为念农桑苦，耳里如闻饥冻声"来表达他对"三农"的关切之情。我深受震撼，深为感动。在现阶段，只有实行统筹城乡经济社会发展的方略，才能切实优化经济结构和实现协调的、可持续的发展，才能使广大人民群众共享经济社会发展的成果，才能如期实现全面建设小康社会和现代化的宏伟目标。因此，取消农业税，绝不仅仅是为了农业、农村的发展和农民的富裕，而是切实关系到实现国家的长治久安和民族的伟大复兴。

有能力，就是说目前我国总体上已进入了以工促农、以城带乡的发展阶段。近年来，我国经济持续快速发展，国家财力不断壮大，国家财政有能力、有实力承担取消农业税这个成本。尽管取消农业税会减少财政收入、增加财政支出，但从国家发展、民族复兴的大局看，这些财政的减收增支是为破解"三农"难题、从根本上改变二元经济结构对经济社会协调发展造成的瓶颈制约、造福广大农民所付出的代价，不仅是应该的、必要的，也是十分值得的。

问：全面取消农业税，对促进农业发展、农村繁荣和农民增收有何重大意义？

答：全面取消农业税，是中央统揽全局、着眼长远、与时俱进作出的重大战略性举措，充分体现了党中央、国务院加快解决"三农"问题的坚定决心，具有重大的政治、经济和社会意义。

一是全面建设小康社会的必然要求。取消农业税，完善和规范了国家与农民的利益关系，可以更好地维护9亿农民的根本利益，促进城乡居民共同富裕，实现更大范围、更高水平的小康。

二是贯彻落实科学发展观的重大举措。取消农业税，不仅能降低农业生产经营成本，提高农业效益和农产品市场竞争力，而且能够调动种粮农民积极性，增强粮食综合生产能力，维护国家粮食安全，同时也将把农业农村发展纳入整个现代化进程，让亿万农民共享现代化成果。

三是扩大内需、保持国民经济持续快速发展的促进力量。农村是一个潜力巨大的消费市场，农村人口集中着我国数量最多、潜力最大的消费群体，是我国经济增长最可靠、最持久的动力源泉。增加农村需求是扩大内需的根本措施。取消农业税，增加农民收入，使亿万农民的潜在购买意愿转化为巨大的现实消费需求，将进一步提高农村消费水平，从而拉动整个经济的持续增长，盘活国民经济的全局。

四是构建和谐社会的具体表现。农业税征管工作量大，征管成本高，处理不当还会直接影响农村党群、干群关系。取消农业税，有利于统筹城乡发展，也可以有力地促进政府特别是基层政府转变职能，把更多的精力放到履行社会管理、提供更多更好的公共产品和公共服务上来，从而进一步改善和密切政府与农民的关系，维护社会稳定，促进构建和谐社会。

五是建设社会主义新农村的基础环节。十六届五中全会提出建设社会主义新农村，是一个关系全局的战略举措。全面取消农业税，实行工业反哺农业、城市支持农村和"多予、少取、放活"的方针，加大各级政府对农业和农村增加投入的力度，让公共财政阳光更大范围覆盖农村，能够充分调动广大农民的积极性，保证社会主义新农村建设始终有力有序有效地推进。

问：目前我国减免农业税政策的落实情况如何？迄今为止，农村税费改革政策共减轻了农民多少负担？为支持改革，中央财政共安排了多少资金？

答：到2005年，全国免征农业税的省份已有28个，河北、山东、云南3个省也有210个县、市免征了农业税。农民负担得到了大幅度减轻，2006年全面取消农业税后，与农村税费改革前的1999年相比，农民每年减负总额将超过1000亿元，人均减负120元左右，9亿农民得到实惠，广大农民衷心拥护和支持这一政策。

为保证免征农业税后基层政权和农村义务教育正常

运转，中央和地方财政为支持农村税费改革和取消农业税提供了坚实的财力保障。

截至2005年，中央财政累计已安排农村税费改革和取消农业税转移支付资金1830亿元。从2006年起，财政每年将安排1000亿元以上的资金用于支持农村税费改革的巩固完善，其中中央财政每年将通过转移支付补助地方财政780亿元。

问：中央提出今后"三农"工作将继续坚持"多予、少取、放活"的方针，特别是要在"多予"上做文章。请问中央财政对此将采取哪些支持措施？

答：明年农业税全面取消后，对农村还必须继续坚持"多予、少取、放活"的方针，尤其要在"多予"上下功夫。2006年，国家财政支农资金的增量要高于上年，国债和预算内建设资金用于农村建设的比重要高于上年，其中，直接用于改善农村生产生活条件的资金总量要高于上年。主要措施包括：

一是完善并加强对农民的"三补贴"政策。13个粮食主产省、区的粮食直补资金要在2005年的基础上再增加；进一步扩大农机具购置的资金补贴范围。

二是改革农村义务教育经费保障机制，将农村义务教育纳入公共财政保障范围。按照明确各级责任、中央地方共担、加大财政投入的原则要求，在2006年、2007年两年时间内，全部免除农村义务教育阶段学生学杂费。同时，逐步提高农村义务教育经费保障水平。

三是推进扩大新型农村合作医疗制度改革试点。将试点范围扩大到全国40%的县、区，中央和省级财政补助标准分别提高。

四是积极推进农村综合改革试点。积极稳妥地推进乡镇机构、农村义务教育管理体制、县乡财政管理体制改革，加大中央财政转移支付力度，加强农村基层政权建设，提高基层政权的执政能力，巩固农村税费改革成果，防止农民负担反弹。

五是积极支持农业综合生产能力建设。中央财政将加大用于农业和农村基础设施建设的投入力度，重点支持农村"六小"工程以及优质粮食产业工程、种子工程等项目建设。

六是全面促进农村事业发展。大力支持实施"科技富民强县专项计划"、农村公路建设工程和广播电视村村通工程。在全国范围内推广"农村部分计划生育家庭奖励扶助制度"，在西部农村地区实施计划生育"少生快富"工程等。

问：除了"少取"、"多予"外，"放活"也是破解"三农"问题的一项重要举措。请问财政在"放活"上有何思路？

答："放活"，即搞活农村市场，促进农民增收。从财政来说，就是要为农业结构调整、农村建设和农民增收创造一个宽松的政策和体制环境。

一是支持国有农场、国有林场、水管单位改革，推动深化粮食、棉花等大宗农产品流通体制改革。

二是支持农民发展各类专业合作经济组织，提高农民进入市场的组织化、社会化程度。

三是推动深化农村土地制度改革和劳动力就业管理制度改革，支持农村金融体制改革，促进城乡统一要素市场的发育。

四是支持积极探索和发展多种形式并存的农业保险制度。

我相信，在党中央、国务院的正确领导下，在全国人民的共同努力下，我们必将建成一个生产发展、生活宽裕、乡风文明、村容整洁、管理民主的社会主义新农村，我国农村经济社会发展必将迎来一个新的春天。

## 免除农业税后的农村新貌

2005年12月29日,十届全国人大常委会第十九次会议决定,自2006年1月1日起废止农业税条例。

2006年1月31日,在丙戌狗年春节,这个我国取消农业税后的第一个春节,全国农村到处都喜气洋洋。

"这是今年春节我们庄稼人收到的最大红包!"山东农民石运好从集上采购年货回家,他笑眯眯地拿出刚买的春联表达自己的喜悦心情:"农业免税降雨露,富民政策暖民心。"

石运好是这一历史变革的亲历者。他是山东省蒙阴县桃曲镇陡山村村民,一家4口人种了5亩多地,2004年上缴农业税204.23元,2005年山东省农业税税率降低后,负担减为105.45元。

"今年不用交一分钱公粮了,当时我从新闻联播上知道这个消息时,连耳朵都竖起来了。"广东省阳江市阳东县雅韶镇平岚村村民林洪庄竖起大拇指,用一个"爽"字来表达喜悦的心情:"我们种田,一靠政策二靠老天。老天无法主宰,但只要政策好,我们的日子就好过。"

在山东、广东、河南等地农村,到处都洋溢着热烈、喜庆的气氛。鞭炮声此起彼伏、舞狮队龙腾虎跃。不少农家都赶在春节前装上了电话,家电生意好得出奇,不少型号的彩电甚至要提前15天订货。

取消农业税使延续多年的农村干部与村民的"制度性矛盾"得以缓和。姚浩忠是江苏农村的一位村干部，除夕晚上，他就到村民家里问候去了。他说："从去年开始就不交农业税了，每亩地还补贴20元钱，再也不用跟乡亲拉着脸说话，这年过得舒心！"

广东阳东县雅韶镇平岚村村干部林举平说："政府取消农业税对农民减负是一个强心剂，它让农民对发展农业生产充满信心，这是一个积极信号。"雅韶镇笏朝村的林卓从外乡打工回来了，一口气承包了村里250亩地。"现在国家的政策好了，还减免了农业税，为什么不在家种地，要跑那么远去打工？"林举平说："今年春节期间，村里有七八户人家表示愿意回来种田。"

从2006年起，中国将全面取消农业税，比原定用5年时间取消农业税的时间表，整整提前了3年。在2006年全面取消农业税后，与农村税费改革前的1999年相比，全国农民每年减负总额将超过1000亿元，人均减负120元左右。

## 召开纪念废止农业税会议

2006年2月22日下午,财政部、国家税务总局联合举行的纪念废止农业税条例暨全面取消农业税座谈会在北京召开。

在纪念废止农业税条例暨全面取消农业税座谈会上,回良玉强调,要深刻认识全面取消农业税的重大历史意义,全面推进农村综合改革,继续加强农民负担监督管理,加快建立以工促农、以城带乡的长效机制,努力扩大公共财政覆盖农村的范围,扎实推进社会主义新农村建设。

回良玉指出,农业税作为国家的重要税种,为我国建立完整的工业体系和国民经济体系发挥了重要作用;农民作为纳税人,为此作出了巨大的历史性贡献。农业和农村发展进入新阶段以来,针对农民增收难、农民负担重的突出问题,中央出台了一系列促进农民增收减负的政策措施,农村税费改革试点工作取得了重大进展。

回良玉强调,全面取消农业税,并不等于农民负担问题完全解决了,农民负担反弹的隐患依然存在,减轻农民负担的长效机制尚未建立,深化农村综合改革的任务仍很繁重。要加快推进以乡镇机构、农村义务教育和县乡财政体制为主要内容的农村综合改革,努力建立精干高效的基层行政管理体制和覆盖城乡的公共财政制度。要建立健全减轻农民负担的长效机制，继续做好农民负担监督管理工作，严格执行有关制度和规定，切实把减负工作纳入法制化轨道。

回良玉指出，要适应建设社会主义新农村的要求，坚持统筹城乡发展的方略，坚持工业反哺农业、城市支持农村的方针，坚持"多予、少取、放活"，重点在"多予"上下功夫。调整国民收入分配格局，国家财政支出、预算内固定资产投资和信贷投放，要按照存量适度调整、增量重点倾斜的原则，不断增加对农业和农村的投入，努力创新财政支农机制。让公共财政的雨露更多地滋润农业，让公共财政的阳光更多地照耀农村，让公共财政的支出更多地惠及农民。

2月23日，在纪念废止农业税条例暨全面取消农业税座谈会上，财政部部长金人庆说："从2006年起，财政每年将安排1030亿元资金用于支持农村税费改革的巩固完善，其中中央财政每年将通过转移支付补助地方财政780亿元，地方财政将安排财政支出250亿元左右。"

他说，为巩固农村税费改革成果，确保农民负担不反弹，各级财政按照中央部署安排，积极调整支出结构，加大了农村税费改革专项转移支付力度。截至2005年，中央财政累计已安排农村税费改革和取消农业税转移支付资金1830亿元。

同时，为缓解县乡财政困难，中央财政大力推行

"三奖一补"政策，2005年安排"三奖一补"资金150亿元，有效调动了各地发展县域经济、精简县乡机构人员、控制化解县乡政府债务、创新财政管理体制和管理方式的主动性和积极性。

金人庆说，在隆重纪念全面取消农业税这一具有伟大历史意义事件的同时，不能忘记农业税在夺取新民主主义革命胜利和社会主义革命建设中做出的历史功绩。

在革命战争时期，农业税是农村革命根据地财政收入和军队供给的主要来源。新中国成立后，农业税在贯彻党和政府的农村经济政策，保证国家掌握必要的农产品，积累国家建设资金，推进工业化和现代化建设等方面发挥了重要作用。从1949年到2005年的57年间，全国累计征收农业税约4200亿元。

2月24日，在纪念废止农业税条例暨全面取消农业税座谈会上，国家税务总局局长谢旭人说，2006年全面取消农业税以后，与农村税费改革前相比，全国农民共减轻负担1265亿元。

自从党中央、国务院2000年在全国推行农村税费改革试点的重大决策后，2003年全面铺开。2004年开始逐步减免农业税，2005年全国有28个省、区、市免征了农业税。

2005年底全国人大常委会决定从2006年1月1日起废止农业税条例，全面取消了农业税，切实减轻了农民负担，增加了农民收入。

在农村税费改革试点初期，通过清费正税、规范农业税征收，大幅度减轻了农民负担。2004年开始逐步降低农业税税率、取消牧业税和除烟叶外的农业特产税，进一步减轻了农民税收负担。

促进了县、乡基层政府职能的转变。全面取消农业税，把基层乡、镇干部从协助征收农业税的困扰中解脱出来，可以全身心地投入到农村的公共事业和为农民服务中去，不仅有利于缓和干群矛盾，也有利于促进基层政府职能的转变。

为全面推进农村综合改革奠定了坚实基础。农业税的取消为推进农村综合改革提供了契机，可以加大对农村上层建筑和生产关系中不适应生产力发展部分的改革力度，进一步解放和发展农村社会生产力。

国家税务总局局长谢旭人表示，农业税取消以后，税务部门将认真执行各项支农惠农政策，并研究完善各项涉农税收优惠政策，进一步支持农业生产和农民增收。

下一步将推进以乡镇机构、农村义务教育和县乡财政体制改革为主要内容的农村综合改革，巩固农村税费改革成果，研究农业税取消后烟叶特产税的替代方案，推进农税征管机构的职能转变。

2006年2月22日，为纪念废止农业税，国家邮政局发行了《全面取消农业税》纪念邮票一套一枚。

一寸见方的邮票上，蓝天与碧野相映成辉，醒目的粗体"税"字下边分两行印着"2006年1月1日全面取消农业税"。

为配合这套邮票的发行，中国集邮总公司和北京市邮票公司特印制了首日封、邮折等邮品。

全面取消农业税，标志着在我国延续了 2600 年的农业税从此退出历史舞台，是具有划时代意义的一件大事，是统筹城乡发展的一大举措，是惠及亿万农民的一大德政，具有重大的现实意义和深远的历史意义。

# 农业税改革亲历记

1995年，汪恭礼从安徽省财政学校毕业后，分配到镇财政所工作，负责农业税、农业特产税、契税、耕地占用税、乡统筹村提留征收结算工作，直到2007年才调离财政所。这12年中，他经历了农业税逐步取消的整个过程，亲身感受了农业税取消前后干群关系的变化。

农业税取消前，进村催粮派款是财政所的一大任务，也是一块难啃的骨头。

当时，他所在的镇农业税亩均负担84元，人均负担89元；乡统筹村提留亩均负担124元，人均负担135元，还有各种收费、集资。为此，老百姓还编了个顺口溜：

> 头税轻，二费重，三费、四费无底洞。

催粮催款的难度可想而知。

平日里，不是跋山涉水去调查税源，就是到街头田间宣传税法、逐户征收。每逢征收旺季，更是没白天没黑夜地拼命干，整日整月不进家门，有时甚至饭都顾不上吃。吃苦受累不说，还容易招致误解，村民待答不理是家常便饭，碰上"钉子户"就更加麻烦。

他记得王胡村有一个有名的"钉子户"叫朱小腊，

代征员几次请他缴税，他都置之不理。汪恭礼当时年轻气盛，便主动要求前去"拔钉子"。去之前，所长还特别叮嘱他要注意方法。

当汪恭礼头顶国徽身着税服只身上门时，朱小腊有点意外。

他刚说明来意，朱小腊便似笑非笑地说："嘿，跟我要税？我没钱拿啥交？"一边摸起手边的西瓜刀"笃笃笃"地敲着桌子。

这时，汪恭礼耐心地解释说："纳税是公民应尽的义务。总不能为了几十元税款失了志气吧？你是一名纳税人，既然已经承包了耕地，又没有遇上自然灾害减收绝收，就得按正常税率依法纳税。"

接着汪恭礼又向他宣讲起税法和税改政策，询问他家的收成，和他拉家常，使他渐渐打消了抵触情绪。

也许是看汪恭礼打定主意收到税款才肯罢休，朱小腊终于把西瓜刀放下，脸上有些无奈地说："我本来不想交的，看你客客气气说的也在理，还是交了吧。"

2005年，安徽省全面取消了农业税，汪恭礼他们终于从无休止的收粮收税中解脱出来，工作重心也随之转移。不用进村催粮催款，时间腾出了一大块，他们就琢磨怎么给老百姓搞好服务。

比如在兑现粮食补贴中，考虑到这项工作涉及面广，虽然钱不多，但关系到村民的切身利益，是党和国家支农惠农政策的具体体现，为了方便群众，不耽误农业生产，就进村入户把各项补贴直接发到村民手上。

接下来，区里全面整合财政补贴农民资金，实行统一管理、"一卡式"存折发放，汪恭礼就负责这项工作。到王胡村发放存折时，村民们都热情地和他打招呼，聚集在他身旁兴高采烈地议论："政府真是为咱农民着想呀，不光不收农业税，还发良种补贴、粮食补贴，真是想不到的好事呀。"

看到村民们一张张朴实的笑脸，汪恭礼也发自内心地为他们高兴，能受到村民们这样的优待，让他干劲十足。

两天过去了，村民们纷纷拿走了自己的存折，只剩下朱小腊的没来领。村干部告诉汪恭礼，2002年，朱小腊响应国家退耕还林的号召将耕地全部栽上了枣树，到城关做生意去了，具体在哪儿不太清楚。

城关离王胡村40多公里路程，让村干部代送显然不行。好在汪恭礼住在城关，每次回城关，他都有意识地寻找。

一天，在一条小巷子里看到一个"小腊排档"，收拾碗筷的人正是朱小腊。汪恭礼高兴地跑进去说："你让我找得好苦啊！"

朱小腊先是一愣，紧接着皱起了眉头，汪恭礼心想，他肯定误会了，以为又来追缴农业税。

这时，汪恭礼赶紧拿出存折递给他说："我这次不是来催款的，农业税取消了，我找你是给你送退耕还林等补助款的。"

　　这时，朱小腊先是一愣，然后搓着手一个劲儿地说："太好了！太好了！真是没想到！今天你一定要在我这儿吃饭。"

　　说完他跑进里屋抱出了一个大西瓜，一边切瓜嘴里还不住念叨："真是太好了！太好了！"

　　2006年底，全国农民彻底告别了农业税，千年"皇粮"成为历史。这是一项深得民心的德政工程，广大农民欢欣鼓舞，基层财税人也能够更好地为农民服务。而这些都得益于改革开放以来我们国家经济实力的快速增强，得益于党的支农惠农好政策和公共财政体制的不断健全完善。

# 本书主要参考资料

《三农中国》 徐勇主编 湖北人民出版社

《农业税收实践与研究》 周名桨主编 安徽科学技术出版社

《农业税收》 韩长纲主编 山东人民出版社

《新中国农业税史料丛编》 财政部农业财务司编 中国财政经济出版社

《取消农业税与农村税费制度研究》 吴孔凡著 中国财政经济出版社

《历史遗珍赋税票：农业税变迁的见证》 郑焕明著 中国税务出版社

《农业税收政策与法规》 国家税务总局教材编写组编 中国财政经济出版社

《新农业税制度讲话》 浙江省财政厅农业税处编 浙江人民出版社